KB075258

이달의 장르소설

이달의
장르소설

10

김태라

정진영

이종관

이상민

이진환

강 린

고즈넉
이엔티

이달의 장르소설10

1쇄 발행 2023년 7월 20일

지은이 김태라, 정진영, 이종관, 이상민, 이진환, 강린
펴낸이 배선아
편　집 김현석
디자인 이승은
펴낸곳 고즈넉이엔티

출판등록 2017년 3월 13일 제2022-000078호
주　　소 서울특별시 마포구 성지1길 35, 4층
대표전화 02-6269-8166 **팩스** 02-6166-9199
이 메 일 gozknockent@gozknock.com
홈페이지 www.gozknock.com
블 로 그 blog.naver.com/gozknock
페이스북 www.facebook.com/gozknock
인스타그램 www.instagram.com/gozknock

ⓒ 김태라·정진영·이종관·이상민·이진환·강린, 2023
ISBN 979-11-6316-901-7　03810

표지 일러스트 Designed by Getty Images Bank, Freepik

차례

아이엠

김태라

서울신문 신춘문예로 등단했으며 한양대학교 철학과 및 동 대학원을 졸업했다. 2021년 장편소설 『소울메이커』로 카카오페이지 넥스트페이지 작가상을 수상했으며, 청소년 소설 『러브 바이러스』로 경기문화재단 예술창작지원금을 지원받았다. 2023년 중편소설 「용」이 '아르코문학창작기금 발표 지원 사업'에 선정됐고, 단편소설 「아이엠」이 고즈넉이엔티 『이달의 장르소설10』에 수록됐다. 그 외 대한민국 소설독서대전 대상, 천재교육 창작동화공모전 금상, 뉴노멀 시대의 리더십 공모전 최우수상 등 다수의 수상 경력이 있다. 현재 대학에서 강의를 하면서 소설을 쓰고 있다.

"당신은 당신이 아닙니다."

에고 컨설턴트가 붉은 입술을 떼며 말했다. 짧은 스커트 아래 두 다리가 그림 같은 각선미를 그리고 있었다. 외형만으로는 인간과 구별하기 어려운 신형 안드로이드였다.

"뭐?"

서진은 그녀의 말뜻을 알아듣지 못했다.

"당신은 본래의 당신과 88% 불일치합니다."

서진은 고개를 저었다. 오늘 아침에 아이엠(I AM) 시스템에서 '91.8'이란 숫자를 똑똑히 보았기 때문이다.

"그럴 리 없어. 나는 자아를 91% 이상 되찾았어. 지금 확인해 봐. 내 아이엠 데이터는 여기서도 볼 수 있잖아."

기이한 불안감에 서진의 말이 빨라졌다. 자아를 상실하던 날의 공포가 되살아나는 듯했다.

"맞습니다. 당신은 자아정체성을 91.8% 회복하셨습니다. 그렇지 않다면 이번 이벤트에 참여하지도 못하셨겠죠."

아이엠사(社)와 연계된 에고 컨설팅센터는 자아정체

성을 90% 이상 회복한 회원들에게만 이벤트 초대장을 보냈다. 1회에 한정된 무료 컨설팅 이벤트였다.

"그렇지."

서진이 대꾸하며 미소를 지었다. 하지만 컨설턴트는 웃지 않았다. 안드로이드 특유의 창백한 표정에 서진은 기가 질렸다. 그가 안드로이드를 좋아하지 않는 이유 중 하나가 바로 이것이었다. 문득문득 나타나는 기계 특유의 무표정은 죽은 사람의 모습처럼 섬뜩한 데가 있었다.

곧 컨설턴트의 얼굴에 미소가 살아났다. 반대로 서진의 표정은 딱딱하게 굳어졌다.

"근데 왜 그런 말을 한 거지? 내가, 내가 아니라는……."

서진이 다시 물었다.

"자아정체성을 거의 회복하신 건 맞습니다만, 그 되찾은 자아가 본래 당신의 것이 아니라는 얘기입니다."

"대체 무슨 말을 하는 거야?"

서진의 목소리가 높아졌다. 가슴이 가파르게 뛰고 있었다. 무슨 말인지 머리로는 이해할 수 없었지만 가슴은 알고 있는 듯했다. 자아를 다운로드받으며 살아왔던 기간 동안 자신이 겪었던 기이한 일들이 뇌리를

김태라

스쳐 갔다. 머릿속이 빙빙 도는 느낌, 어제의 나와 오늘의 내가 딴사람처럼 여겨지는 기분, 가끔씩 경험했던 너무나 현실적인 기시감들……. 현실이 비현실처럼 붕 떠올랐던 일도 몇 차례나 있었다. 서진은 그때마다 눈을 감았다. 눈을 감고 아무 생각도 하지 않으려 애썼다. 그렇게 얼마쯤 지나고 나면 현실은 다시 제자리로 돌아와 있었다.

"진정하세요."

"똑바로 말해. 에두르지 말고."

서진은 '기계 주제에'라는 말을 꿀꺽 삼켰다. 안드로이드의 인권 어쩌고 하는 얘기들이 심심찮게 들려오는 요즘이었다. 서진은 기계가 인간의 권리를 갖는 건 말도 안 되는 일이라고 생각해 왔지만, 지금 이 방에서 돌아가고 있는 카메라를 의식하지 않을 수 없었다.

"네, 말씀드리죠. 이건 정말 심각한 오류입니다. 아이엠 시스템에선 좀처럼 일어나기 힘든……."

아이엠은 인간 직원이 존재하지 않는 회사였다. 아이엠의 모든 업무는 기계에 의해 이루어지기에 실수나 오류가 발생할 가능성이 제로에 가까웠다. '진짜 나를 찾아 드립니다'가 회사의 모토였고, 수많은 이용자가 그것을 입증했다. 아이엠 시스템을 통해 잃어버린 자아를 되찾고 일상으로 복귀한 수백만의 사람들이 있었다. 수십만의 안드로이드들도 있었다. 인간이든 아니든 자아정체성 상실자 중 열에 아홉이 아이엠을 사용하고 있는 이유였다. 서진 역시 일 년 가까이 아이엠 시스템을 통해 자아의식을 다운받아 생활해 오고 있었다.

"무슨 심각한 오류라는 거지?"

서진의 목소리가 떨렸다.

"이걸 보시죠."

컨설턴트가 컴퓨터 화면을 공중에 띄웠다. 서진의 자아의식을 다양한 색깔로 도표화한 이미지가 크게 떠올랐다.

"이때부터인 것 같네요."

컨설턴트가 붉은색 그래프의 한 지점을 가리켰다.

"뭐가 말이지?"

"보세요, 여기서 갑자기 그래프의 흐름이 달라지잖아요. 완만했던 곡선이 급경사를 이루고 있지요. 이건 예기치 못한 새로운 요소가 뇌에 입력됐을 때 나타나는 현상입니다."

"새로운 요소라니?"

서진의 물음에 컨설턴트는 대답 대신 페이지를 넘겼다. 그리고 되물었다.

"XY768133KM-TJ가 본인의 아이엠 코드 맞죠?"

아이엠 코드는 아이엠에서 부여한 개인의 고유 번호였다. 올해 1월 1일, 지구의 네트워크를 덮친 '스노드롭 바이러스'로 인해 자아정체성을 잃어버린 사람들에겐 본명보다 친숙한 것이기도 했다. 서진 역시 그랬다. 자아정체성의 89%를 상실한 서진은 아이엠 코드를 이름보다 많이 사용하고 있었다. 그는 아이엠 코드로 호명될 때마다 자신이 기계와 다름없는 존재가 된 것 같았다. 아이엠 코드의 체계 속에선 인간과 안드로이드 모두가 기호로 불렸다.

서진이 고개를 끄덕이자 컨설턴트가 눈으로 광선을 쐈다. 그러자 디스플레이에 '자아정체성 오류' 내용이 나타났다.

아이엠 코드: XY768133KM-TJ

오류 일시: 2045년 2월 1일

오류 항목: 세계관

오류 내용: XX768133KM-JT의 세계관과 교체됨

"이게 뭐지?"

서진이 눈을 크게 뜨며 물었다.

"보시는 것 그대로입니다. 당신의 뇌에 타인의 자아 정체성이 다운로드된 것이죠."

서진은 벙벙한 얼굴로 컨설턴트를 바라봤다. 그녀가 침착한 표정으로 덧붙였다.

"정확히 말하면, 정체성 중 한 부분이요."

"어떻게 그런 일이?"

"아마 두 분의 아이엠 코드가 비슷해서 오류가 일어난 것 같습니다."

"그러고 보니 나와 아이엠 코드가 똑같네. 성별을 뜻하는 앞자리만 빼고……."

서진이 허공을 보며 중얼거렸다.

"똑같지는 않아요. 끝자리가 반대죠. TJ와 JT로."

"아, 그렇군."

"하지만 이 정도면 자아의 구성 요소 대부분이 비슷하다고 보시면 됩니다. 성 정체성을 제외하면 체질, 기질, 성격, 취미, 식습관, 심지어 좋아하는 색깔이나 잠버릇까지 닮았을 거예요."

컨설턴트는 쌍둥이도 이만큼 아이엠 코드가 유사하진 않을 거라고 했다. 그녀가 계속 이야기했다.

"그런데 한 가지, 둘이 정반대인 게 있습니다."

"성별 말고?"

그녀가 고개를 끄덕였다.

"그게 뭔데?"

서진이 다시 물었다.

"세계관이요. 코드 끝 글자가 서로 반대인 건 그래서입니다."

아이엠 코드 끝자리는 해당 자아가 지니고 있는 세계관을 의미했다. 세계관이란 세상을 보는 방식을 포함해 삶의 태도와 신념, 인생에서 추구하는 가치 등을 총칭하는 말이다.

"오류가 났다는 그 항목 말이지?"

"네, 맞습니다. 그 상반된 세계관이 서로 엇갈려 들어가 각자의 정체성으로 자리 잡은 것입니다. 올해 2월 1일부터 오늘까지……."

눈이 질끈 감겼다. 지금은 11월이었다. 서진은 자신이 열 달 가까이 타인의 삶을 살아왔다는 사실이 믿기지 않았다.

"다른 정체성 요소들은 제대로 다운로드됐는데, 단지 '세계관'만 그 사람과 바뀌었다는 거지?"

서진이 '오류 내용'을 다시 확인하며 물었다.

"네, 맞습니다."

"그런데 어째서 내가 본래의 나와 88%나 어긋난다

는 거지? 한 가지만 잘못 입력됐을 뿐인데."

서진의 말에 컨설턴트가 입꼬리를 올리며 대꾸했다.

"알고 계실 줄 알았는데요. 당신의 자아를 구성하는 항목 중 가장 핵심적인 게 바로 세계관이었습니다. 물리학을 전공하고 과학기자로 활동하면서 당신은 원래 이성적 사고에 근거한 과학주의 혹은 물질주의 세계관을 갖고 있었죠."

"아!"

서진이 소리치며 두 손으로 머리를 감쌌다. 현재 그는 관념주의와 영성주의 세계관을 가지고 있었다. 정체성 장애 치료를 받는 동안 기자 활동은 쉬고 있었지만, 새로 블로그를 열고 관념론과 영성 사상에 관한 글을 주기적으로 올리고 있었다. 블로그 이름도 '물리학도의 영성카페'였다. 그는 자신이 과거의 직업이나 전공과 생판 다른 분야에 관심을 갖게 된 이유를 알지 못했지만, 언제인가부터 집에 쌓여 있는 과학책들보다 도서관의 영성서와 철학책을 즐겨 읽는 자신을 발견했다. 보이지 않는 실재나 비물질적 세계에 대한 이야기에 마음이 끌렸고 관념적인 사상에 대한 어려운 책들도 머리에 쏙쏙 들어왔다. 서진은 자아정체성이 완전히 복구되면 이쪽 분야에서 새로운 일을 해야겠다고

김태라

생각하고 있었다. 그런데 그 모든 게 '오류' 때문이었다니? 서진은 머릿속이 하얘졌다.

컨설턴트가 말을 이었다.

"그런데 본래의 세계관이 초기 몇 주 동안만 당신의 뇌에 입력되다가, 2월 초부터는 그것과 전혀 다른 세계관이 들어오기 시작한 겁니다."

서진은 어안이 벙벙했다. 컨설턴트는 계속 말을 이어갔다.

"자아를 구성하는 중심 요소였던 세계관이 뒤바뀌었기 때문에, 다른 요소들이 제대로 입력됐더라도 당신은 거의 당신이 아니었던 거죠. 88%나……."

"그럼 이제 난 어떻게 해야 하죠?"

서진의 입에서 갑자기 존댓말이 나왔다. 처음 있는 일이었다. 안드로이드의 인권을 주장하는 쪽에서는 안드로이드에게 존칭어 쓰기 캠페인을 벌이고 있었지만, 서진은 사람이 기계에게 높임말을 쓰는 건 인간의 수치라고 생각했다. 그런 자신의 입에서 나온 존댓말에 서진은 잠시 당황했다.

"죄송한 말씀이지만 그건 저도 모릅니다."

"몰라? 왜?"

서진의 말이 다시 짧아졌다.

"저희 회사의 서비스는 정체성을 회복한 사람들이 에고를 건설적으로 사용하도록 도와주는 거지, 의식 다운로드상의 오류를 고쳐주는 게 아닙니다. 일단 아이엠에 이 사실을 알리시는 게 우선인 것 같습니다."

컨설턴트가 디스플레이 장치를 끄며 말했다.

"오류만 집어내고 끝이란 말이야? 뭔가 대책이 있어야 할 거 아냐!"

서진의 목소리가 커졌다.

"죄송합니다. 저희의 역할은 여기까지입니다. 아이엠에 문의해 보세요."

컨설턴트가 고개를 수그렸다. 서진의 목소리를 듣고 달려온 남자 직원도 함께 머리를 조아렸다. 서진은 쌍둥이처럼 닮은 남녀 안드로이드를 밀치며 상담실 밖으로 나왔다. 뒤쪽에서 또다시 "죄송합니다." 하는 소리가 들렸다.

'하여간 노예들이란……'

서진은 안드로이드에게도 인권을 부여할 수 있으려면 그들의 기본 정체성부터 바꿔야 한다고 생각했다. 스스로 노예처럼 행동하며 인간에게 복종하도록 만들어진 존재들이 인권을 갖는다는 건 앞뒤가 안 맞는 일이었다.

김태라

건물에서 나온 서진은 길가에 멍하니 서 있었다. 머리가 뻥 뚫린 것 같았다. 가슴이 텅 빈 것 같기도 했다. 그리고 이와 비슷한 느낌을 받았던 때가 떠올랐다.

올해 첫날이었다. 신년 이벤트에 혹해 '타이탄'에 접속한 게 화근이었다. 타이탄은 뇌와 컴퓨터의 연결 기술(BCI)을 통해 접속자들의 통합된 의식이 만드는, 환상적인 세계를 체험할 수 있는 가상현실 서비스였다. 그런데 그 네트워크에 침입한 신종 바이러스 '스노드롭'에 접속자들의 뇌가 감염됐고, 무방비 상태였던 이들은 한순간에 자아정체성을 잃고 말았다. 바이러스에 감염된 사람들은 자신이 누구인지에 관한 의식과 느낌을 상실하고 눈이 풀렸다. 마치 의식이 주입되기 전의 안드로이드 같았다. 그리고 네트워크상에서 감염자들의 의식과 연결돼 있던 사람들과 안드로이드들도 연쇄적으로 자아정체성 장애를 얻게 됐다. 전 지구적 사이버 팬데믹이었다.

아이엠은 이러한 위기 속에서 히어로처럼 부상했다. 이전까지 주로 알츠하이머나 기억상실증 환자들이 이용했던 아이엠의 의식 다운로드 시스템은 팬데믹 이후 자아정체성 장애 치료를 전담하게 됐다. 마치 사이버 팬데믹을 미리 준비해 온 것처럼 아이엠 시스템은 자아정체성 환자들에게 안성맞춤이었다. 이 때문에 항간에서는 아이엠이 일부러 스노드롭 바이러스를 퍼뜨렸다는 소문까지 돌았다.

감염 후 서진은 곧바로 아이엠에 등록해 자아를 다운받기 시작했다. 서진의 자아의식은 그에게 남아 있는 11%의 자아정체감과 과거 이력, 그리고 그와 연관된 컴퓨터 속 데이터를 종합해 만들어진 것이었다. 아이엠은 이렇게 재구성된 자아의식을 환자의 뇌에 입력해, 생활을 통해 그것을 체화시켜 정체성을 되찾도록 도와줬다. 정체성이 완전히 정립돼 기계에 의존하지 않아도 될 때까지 이용자들은 매일 아침 자아의식을 다운받아야 했다. 기계적으로 짜 맞춰진 자아를 과연 진짜 '나'라고 할 수 있느냐는 논란이 뒤따랐지만, 자아의식을 입력하지 않고서는 삶 자체가 불가능했기에 감염자들은 좋든 싫든 재구성된 나를 받아들일 수밖에 없었다.

그렇다고 아이엠 시스템이 단순히 자아의식을 사용자의 뇌에 입력하기만 하는 건 아니었다. 사용자는 아침에 아이엠으로부터 의식을 다운받아 하루를 보낸 뒤, 잠들기 전 자신의 의식을 컴퓨터에 업로드했다. 그러면 다음 날 아침엔 하루의 경험이 보태져 더욱 나다

워진 나를 받아들일 수 있게 됐다. 그렇게 나날이 '나'라는 존재가 완성되는 것이었다. 그리고 서진은 이제 100% 완성된 나를 되찾기 직전에 있었다.

'차라리 오늘 이 사실을 몰랐더라면……'

서진은 그런 생각이 들었다. 그냥 그 세계관이 자기 것인 줄 알고 살았더라면 별문제가 없었을지도 몰랐다. 정신주의든 물질주의든 그런 건 세상을 바라보는 하나의 관점에 지나지 않았다. 하지만 내 것이 아닌 뭔가가 내 의식에 주입돼 나라는 존재의 한 부분, 아니, 큰 부분을 이루고 있다는 사실을 알아버린 이상, 서진은 가만히 있을 수가 없었다. 머릿속에 벌레가 들어간 듯한 이물감까지 들었다.

다음 날, 서진은 에고 컨설턴트에게 받은 자료와 함께 아이엠 본사를 찾아갔다. 하늘을 찌를 듯 솟아 있는 초고층 빌딩이 시선을 압도했다.

진짜 나를 찾아 드립니다.

중앙 로비 한가운데 큰 글씨로 적힌 문구가 눈에 들어왔다. 특히 '진짜 나'라는 세 글자는 눈부신 금빛으로 빛나고 있었다. 서진의 입에서 실소가 터졌다.

'너희가 찾아준 '진짜 나'가 딴사람 자아였는데?'

서진은 머리를 내저으며 건물 안으로 깊숙이 들어갔

다. 전 직원이 안드로이드라는 회사였지만 그래도 서진은 본사에서 사람 한둘쯤은 만나리라 기대했다. 자아정체성 오류는 기계가 아닌 인간과 나눠야 할 문제였다. 그러나 서진의 기대는 여지없이 어그러졌다.

"아이엠에 인간 직원은 없습니다."

인간 남자와 똑같이 생긴 직원이 웃으며 말했다. 고객만족팀 팀장이라 했다. 셔츠 가슴 부위엔 'e-인간의 리더십'이란 글자가 새겨져 있었다.

"e-인간이 뭐지?"

서진이 물었다.

"아이엠이 개발 중인 '인간보다 더 인간다운, 새로운 인간성'을 말합니다."

여유롭게 미소 짓는 팀장의 얼굴은 정말 인간보다 더 인간적으로 보였다. 실제 인간이 안드로이드 행세를 하고 있는 건 아닌지 의심스러울 정도였다.

"안드로이드가 새로운 인간성을 갖게 된다는 건가?"

서진은 말끝에 달라붙는 '요' 자를 애써 떼었다. '인간보다 더 인간다운' 상대의 모습 때문에 기계라는 걸 알면서도 하대하기가 힘들었다.

"저는 이미 새로운 인간성을 지니고 있습니다. 새로운 의식을 다운로드받았기 때문이죠."

팀장이 씩 웃으며 대답했다. 그 미소가 왠지 오싹해 서진은 새로운 의식이 무엇인지 묻지 못했다.

"한데 어떻게 오셨는지요?"

팀장이 물었다. 서진은 자신에게 일어난 오류에 대해 설명했다.

"아, 이런."

팀장은 놀란 표정으로 데이터를 꼼꼼히 살피더니 컴퓨터에 뭔가를 입력했다.

"말씀하신 대로 아이엠 시스템에 오류가 발생했습니다. 정말 죄송합니다."

팀장의 얼굴엔 '죄송한' 표정이 가득 담겨 있었지만, 그게 꾸며진 것에 불과하다고 생각하니 서진은 화가 치밀었다.

"죄송하다고 해결될 문제가 아니잖아!"

"보상은 충분히 해드리겠습니다."

팀장이 얼굴을 펴며 말했다.

"보상? 인간의 정체성을 멋대로 입력해 놓고 돈으로 때우면 된다는 건가? 이건 한 사람의 인생이 걸린 문제야! 자아정체성이 얼마나 중요한 건지 너희는 모른다고. 자아 없는 기계들은……."

"저희도 자아가 있습니다."

곁에 있던 여성 직원이 서진과 눈을 맞추며 말했다. 그녀의 블라우스엔 'e-인간의 자신감'이라고 적혀 있었다.

"뭐라고?"

"저희도 자아정체성을 다운받아 세상에 나온 존재들입니다."

그 말에 서진은 흠칫했다. 'e-인간의 자신감'이 덧붙였다.

"XY768133KM-TJ 님처럼 말이죠."

"그래서, 내가 너희랑 같다는 거야?"

서진이 소리치자 'e-인간의 융통성'이란 배지를 단 직원이 웃으며 대꾸했다.

"물론 그건 아닙니다만, 저희도 나름의 정체성을 갖고 있다는 말씀입니다."

서진은 벌게진 얼굴로 주위를 휘둘러봤다. 사방팔방에 'e-인간'이란 글자가 있었다. 아이엠에는 '인간보다 더 인간다운' 기계들이 포진해 있었다.

'e-인간의 리더십'이 다시 입을 열었다.

"일단 진정하십시오. 오류 때문에 상심이 크신 것 같은데, 저희가 할 수 있는 건 최대한 해드리겠습니다."

"이제 와서 뭘 어떻게 한다는 거지?"

서진이 팀장을 쏘아보며 물었다. 그도 그럴 것이 서진의 자아정체성은 이미 91% 이상 회복된 상태였다. 오류로 입력된 내용까지 그의 존재에 흡수됐기에 이제는 그 내용을 바로잡기가 힘들었다.

그때 벽면의 대형 화면이 켜지면서 얼굴 하나가 커다랗게 나타났다. 직원들이 한입처럼 외쳤다.

"아이엠님이 오셨습니다."

아이엠의 대표였다. 이 회사에 속한 유일한 인간이라고도 했다. 직원들은 모두 '아이엠님'을 향해 구십 도로 허리를 굽혔다. 서진 혼자 뻣뻣하게 선 채 화면을 바라봤다. 인간보다 인간다운 수십만의 기계들을 거느리는 인간의 모습은 기이하게도 구형 안드로이드처럼 보였다.

"XY768133KM-TJ 님, 자아정체성 다운로드 과정에서 발생한 오류에 대해 진심으로 사과드립니다. 다시는 이런 일이 일어나지 않도록 조치하겠으며, 이번 사건에 대해서는 아이엠의 충분한 보상을 약속드립니다. 자세한 사항은 저희 직원을 통해 서면으로 전달하겠습니다."

말을 마친 '아이엠님'이 화면에서 사라졌다. 그제야 직원들이 일제히 굽은 허리를 폈다. 서진은 웃음이 툭

터져 나왔다. 아무리 인간처럼 보여도 안드로이드는 인간의 하수인일 뿐이었다. 그런 생각이 들자 직원들 가슴에 적힌 'e-인간'이라는 글자가 노예의 표식처럼 보였다.

'자아가 있어 봤자 너희의 정체성은 그냥 기계일 뿐이야.'

서진은 분주히 움직이는 'e-인간'들을 바라보며 속으로 코웃음을 쳤다.

팀장은 외부에 알리지 않는다는 조건하에 상당한 액수의 보상금을 제시했다. 집과 차를 새로 장만하고도 남을 거금이었다. 서진은 대기업의 스케일에 놀랐지만 일부러 딱딱한 표정을 지었다.

'내 자아값이야. 한 인간의 존재값이라고. 내가 당한 일에 비하면 결코 큰돈이 아니야.'

서진은 횡재라고 생각하는 자신의 소심한 자아를 얼렀다. 그러면서도 입꼬리가 올라가는 건 어쩌지 못했다. 어쩌면 아이엠의 오류는 문젯거리가 아니라 행운의 씨앗인지도 몰랐다.

서진은 팀장이 내민 계약서를 받아들고 죽 읽어 내려갔다.

"한 가지 물어볼 게 있는데."

계약서를 다 읽은 서진이 입을 뗐다.

"네, 말씀하시죠."

"XX768133KM-JT는 어떤 사람이지?"

서진은 자신과 쌍둥이처럼 닮았다는 여자가 문득 궁금해졌다.

"만나고 싶으신가요?"

거기까진 생각하지 않았지만 서진은 대뜸 대답했다.

"응, 한번 만나 보면 좋겠어. 내 정체성을 갖고 있는 분이니……."

"저희가 연락해 보겠습니다. 일단 그분께도 오류에 대해 말씀드린 뒤, 개인정보 이용에 대한 동의를 얻어 고객님께 연락드리겠습니다."

서진은 흔쾌히 계약서에 사인을 했다. 보상금은 곧바로 입금됐다. 서진은 입금액의 자릿수를 세어 보며 아이엠 빌딩을 나왔다. 그리고 다음 날, XX768133KM-JT의 연락처가 담긴 아이엠의 메시지를 받았다. 서진의 세계관을 가져간 여자도 아이엠이 제시한 보상금에 넘어간 모양이었다.

XX768133KM-JT는 매력적인 여성이었다. 그녀가 카페 문을 열고 들어온 순간부터 서진의 가슴에 잔파동이 일었다. 처음 본 여자에게 이런 느낌을 받은 건 처음이었다.

"반갑습니다."

서진이 먼저 악수를 청했다. 여자의 이름은 '진아'라고 했다. 나이는 서진과 동갑, 서른셋이었다. 그녀는 아이엠의 연락을 받기 전까지 오류에 대해선 까맣게 몰랐다고 했다.

"그런데 저도 곧 에고 컨설팅 센터에 가보려고 했거든요. 이벤트 기간이 끝나기 전에."

진아도 무료 상담 이벤트에 초대된 사람이었다.

"거기 가셨으면 진아 씨도 오류에 대해 알게 되셨을 거예요."

"이게 무슨 영화도 아니고, 어떻게 정체성이 서로 바뀌어요?"

진아가 볼멘소리를 냈다. 하지만 그녀도 깊은 속까지 화가 난 것 같지는 않았다. 아이엠의 보상금은 '세계관'과 맞바꿔도 섭섭하지 않을 액수였으니까.

"우리는 자기 존재를 회사에 판 거나 마찬가지예요. 이런 일이 벌어지기 전에 누군가 그런 제안을 했더라면, 진아 씨는 정체성의 일부를 돈 받고 팔겠어요?"

서진이 스스로에게 물었던 질문이기도 했다. 서진은 진아가 잠시라도 고민을 할 줄 알았는데 그녀는 냉큼

김태라

대답했다.

"팔죠, 물론. 그 정도 돈이면."

"그게 내 정체성의 핵심인데도요?"

진아는 고개를 끄덕였다. 그리고 또박또박 말했다.

"사실 저는 지금 제가 가진 세계관이 마음에 들어요. 이전에 내가 어떠했든 상관없이……. 물질주의가 현실적인 거죠. 우리는 그 세상에 발붙이고 살고 있으니까요. 저는 제가 마음수행원을 운영했던 영성주의자였다는 사실이 믿기지 않아요."

그건 서진도 마찬가지였다. 물론 정반대로.

"저는 제가 물질주의자였다는 사실이 믿어지지 않습니다. 물질 중심의 세계관이 너무 얄팍하게 느껴져요."

"얄팍하다고요?"

"네, 그래요. 눈에 보이는 세상만 '현실'인 게 아닙니다. 실은 보이지 않은 세계가 이 세상의 근원인 거죠."

"증명해 보일 수 있나요?"

진아가 따지듯 물었다. 그리고 서진의 눈을 보며 말을 이었다.

"검증되지 않은 주장에 저는 동의할 수 없어요. 보이지 않는 세계란 건, 마음이 괴로운 사람들의 도피처 같은 건 아닐까요?"

서진은 할 얘기가 많았지만 입을 다물었다. 논쟁 자체를 피하고 싶은 건 아니었다. 그보다는 둘의 대립이 부질없게 여겨졌다. 사실 진아의 생각은 본래 서진의 거였고, 서진의 주장은 진아로부터 온 거였다. 말하자면 둘은 상대방 속에 있는 자기 자신과 싸우고 있는 꼴이었다.

"꼭 부부 싸움 같네요."

서진이 대뜸 말했다.

"네? 부부라뇨?"

진아가 눈을 동그랗게 떴다.

"결혼 제도가 있던 시절의 부부 말이죠. 어떤 책에서 그러더군요. 부부 싸움은 자기 자신과 싸우는 거라고."

"재미있는 말이네요. 타인처럼 보이는 자기와의 싸움……."

둘은 잠시 말을 멈추고 서로를 바라봤다.

"근데 서진 씨는 보상금으로 뭘 하실 건가요?"

진아가 화제를 돌렸다.

"일단 괜찮은 집부터 구하고, 나머지는 그다음에 생각해 보려고요. 진아 씨는요?"

"저도 넓은 집 장만을 먼저 생각했어요. 지금 사는 아파트가 너무 좁아서요. 요즘 들어 이상하게 집이 비줍고 답답하게 느껴져요. 이사할 때가 된 것 같아요."

"집이란 건 존재가 몸담은 공간이죠. 몸이 영혼의 집이듯……. 그래서 사람의 의식이 변하면 사는 곳을 바꾸게 되죠."

서진의 말에 진아는 고개를 저었다.

"집은 그냥 비바람을 피해 사람이 사는 건물이에요. 이사는 조건만 맞으면 언제든 할 수 있는 것이고요."

"현상적으로는 그렇지만, 저는 현상 이면의 의미를 얘기한 겁니다."

"그런 의미는 각자 부여하기 나름이니까, 저한테는 별로 중요하게 여겨지지 않네요."

서진과 진아가 한마디씩 했다. 그리고 둘 다 입을 다물었다. '부부 싸움'이란 말이 떠올랐기 때문이다.

"서진 씨가 무슨 생각을 하고 있는지 알아요. 네가 나고, 내가 너인데 이런 논쟁은 의미 없다는 거죠. 하지만 정체성의 오류는 이미 일어났고, 이제 우리는 이대로 살아야 해요. 현재로서는 내 머릿속에 든 게 그냥 나인 거예요."

"그래도 진짜 나를 찾고 싶지 않아요?"

서진이 진아를 똑바로 보며 물었다.

"진짜 나? 사실 그것도 기계에서 다운받은 거지, 실

제 우리 자신은 아니잖아요. '진짜 나를 찾아준다'는 아이엠의 광고도 따지고 보면 헛소리죠. 이번 오류가 없었더라도 우리 뇌에 입력된 '나'라는 건 컴퓨터가 재구성한 데이터에 불과해요. 팬데믹 이전으로 돌아간다면 모를까."

"그렇게 따지면 팬데믹 이전으로 돌아간다 해도 마찬가지 아닐까요? 그때라고 우리가 진정한 우리 자신이었을까요? 저는 아니라고 봅니다. 우리는 태어날 때부터 이미 바이러스에 감염돼 있었던 거예요. 내가 정말 누구인지 모르는 병에 걸린 채 살다가 진짜 바이러스를 만나 이렇게 된 거고……."

서진의 말에 진아가 불쑥 끼어들었다.

"그것도 진짜 바이러스가 아니라 가상 세계 속 컴퓨터 바이러스죠."

서진과 진아는 처음으로 함께 웃었다. 그들은 차츰 기분이 좋아졌다. 둘은 전쟁 같은 대화 속에서 점차 상대방의 말에 이끌리고 있었다. 서진과 진아는 저녁까지 함께한 뒤 긴 하루를 보내고 각자의 집으로 돌아갔다. 그리고 다음 날 그들은 다시 만났다. 그다음 날도, 또 그다음 날도…….

그렇게 '진짜 나'를 찾고 싶었던 건지도 몰랐다. 상

대방 속에서 '잃어버린 나'를 발견했기 때문인지도 몰랐다.

둘은 매일 만나 티격태격하면서도 서로에게 깊이 빠져들었다. 상대방의 말을 반박하고 비판하는 동시에, 그 말을 귀담아듣고 오래 새겼다. 원래 내 거여서 그런지 상대방의 말에서 깊은 여운이 느껴졌다. 서진와 진아는 아이엠 시스템을 넘어선 진정한 나를 찾은 것 같았다. 서로의 말 속에서, 눈 속에서, 뇌 속에서……

그러는 사이 그들의 자아정체성도 빠르게 회복돼갔다. 서진과 진아 모두 95% 이상 자아를 회복한 때였다. 서진의 집에서 둘이 파스타를 만들어 먹고 있는데, 서진과 진아에게 동시에 전화가 걸려 왔다. 아이엠에서 온 거였다. 둘의 자아정체성에서 특이 사항이 발견됐다고 했다.

서진과 진아는 곧바로 아이엠의 여성 직원과 화상 미팅을 가졌다. 그녀의 재킷에는 'e-인간의 통찰력'이란 글자가 박혀 있었다. 인간보다 더 인간다운 통찰력이란 무엇일까, 서진의 머릿속에 의문이 스치는 사이 진아가 물었다.

"특이 사항이라니, 그게 뭐죠?"

"두 분의 자아정체성 의식이 98.1% 일치합니다."

'e-인간의 통찰력'이 또렷한 목소리로 말했다.

"네?"

서진과 진아가 동시에 소리쳤다.

"성 정체성이 다른 걸 감안하면, 완전히 똑같다고 보시면 됩니다."

"똑같다니, 그게 무슨 말이죠?"

서진이 굳은 얼굴로 물었다.

"두 분이 두 개의 몸을 가진 하나의 존재와 같다는 말입니다."

"대체 무슨 소릴 하는 거예요?"

진아가 허공에 대고 소리쳤다. 기이한 전율이 등골을 타고 흘렀다. 서진도 마찬가지였다.

아이엠 직원이 자료를 전송했다. 서진과 진아의 의식 구조도였다. 그림으로 보니 98%가 아니라 100% 똑같아 보였다.

"이런 결과에 저희도 놀랐습니다. 만남과 교류를 통해 두 분의 자아정체성이 빠르게 닮아간 것 같습니다."

"그게 혹시……."

진아가 조심스럽게 입을 열었다.

"네, 말씀하세요."

"혹시 그게, 사랑 때문은 아닐까요?"

진아가 화면 속 직원과 서진을 번갈아 보며 물었다. 서진과 진아는 한 번도 사랑이란 말을 입 밖에 낸 적이 없었다. 하지만 짧은 시간 동안 급속도로 가까워졌고, 매일같이 몸과 마음을 나누는 두 남녀가 느끼는 감정은 사랑이라 해도 틀리지 않은 것이었다.

"지금, 사랑이라고 하셨나요?"

직원의 눈이 커졌다. 서진과 진아는 한 몸처럼 동시에 고개를 끄덕였다.

"두 분은 사랑하는 사이인가요?"

직원이 다시 물었다. 서진과 진아는 서로를 바라봤다. 그리고 함께 대답했다.

"네."

"축하합니다."

직원이 활짝 웃으며 손뼉을 쳤다. 서진과 진아는 얼떨결에 "감사합니다." 하고 대답했다. 직원이 환한 얼굴로 말을 이었다.

"두 분은 정체성이 서로 바뀌었던 분들이잖아요. 그렇게 상대방의 세계관을 가지고 살다가 실제 만남이 이루어졌고, 상대방 속에서 자신을 발견하면서 서로 아끼고 좋아하는 마음이 싹튼 것이지요. 그렇습니다, 바로 사랑이에요. 두 분의 정체성 의식이 같아진 건, 순수한 사랑 속에서 두 가지 의식이 통합됐기 때문입니다. 사랑은 둘을 하나로 만드는 힘 아니겠어요?"

'e-인간의 통찰력'이 묘한 미소를 흘렸다. 서진과 진아는 문득 섬뜩한 기분이 들었다. 직원이 다시 입술을 뗐다.

"그래도 개별적인 두 존재가 동일한 의식을 갖게 된 건 유례없는 일이니, 조만간 아이엠에 방문하셔서 검사를 받아보시는 게 좋겠습니다."

"무슨 검사요?"

서진이 소리치듯 물었다.

"자아의식을 해부하는 겁니다. 한데, 그렇게 되면 그동안 쌓아 올린 자아정체성이 훼손될 수도 있습니다."

"훼손된다뇨?"

진아가 눈을 크게 뜨고 물었다.

"현재 두 분은 자아정체성을 각각 95.8%, 96.4% 회복하셨는데, 그 수준이 낮아지거나 심한 경우 제로가 될 수도 있다는 얘기입니다."

"그럼 저희는 검사를 받지 않겠습니다."

서진의 말에 직원은 예상했다는 듯 고개를 끄덕였다.

"자아정체성이 100% 완전히 회복되면 찾아오십시오. 그땐 검사를 받아도 문제없으니까요."

직원은 고개를 숙인 뒤 화면 너머로 사라졌다. 진아가 조용히 입을 열었다.

"언젠가부터 우리가 세계관 때문에 다투지 않게 됐잖아. 그때부터였던 것 같아. 우리의 의식이 같아진 게……."

"나도 그 생각을 하고 있었어."

"근데 아무리 세계관이 같아졌다 해도, 어떻게 정체성 자체가 똑같아질 수가 있지?"

"그러게 말이야. 우리가 기계도 아니고……."

둘 사이에 침묵이 흘렀다. 잠시 후 서진이 다시 말했다.

"우리 둘은 원래부터 비슷했어. 너와 나의 아이엠 코드가 유사한 것도 그 때문이었고."

"원래 비슷했다고? 그 원래라는 게 대체 언제부터지? 아이엠 코드를 받기 전부터였을까?"

진아가 고개를 갸웃거렸다.

"그건 나도 모르겠어. 하지만 우리가 본래 비슷했다면, 완전히 같아진 것도 꼭 나쁜 일만은 아닌 것 같아."

"맞아. 어쩌면 우리의 진짜 자아에 더 가까워진 건지도 모르지."

"그래. 일단 자아정체성이 완전히 회복될 때까지 기

다려 보자."

얼마 뒤, 서진과 진아의 아이엠 시스템에 '100'이라는 숫자가 떴다. 둘은 환호했다. 드디어 기계로부터의 해방이었다. 그런데 그날, 또다시 아이엠의 전화가 걸려 왔다. 검사를 받으러 오라는 거였다.

서진과 진아는 아이엠 방문 일정을 미루고 먼저 여행을 떠나기로 했다. 일 년 만에, 아니 어쩌면 평생 처음으로 되찾은 '나'를 기념하기 위해서였다.

"우리는 이제 진짜 내가 된 거야."

"우리가 하나가 됐으니 더 좋은데."

"하나가 됐기에 진짜 나를 찾은 건지도 몰라."

"사랑해."

서진과 진아는 서로를 끌어안고 깊은 키스를 나눴다. 그리고 짐을 챙겨 바다로 향했다. 자율주행차에 몸을 실은 둘은 쿠션에 느긋하게 등을 기대고 티브이를 켰다. 진아가 리모콘을 누르며 여기저기 채널을 돌리는데, 화면에 아이엠 빌딩이 나왔다. 뉴스 채널이었다.

"……아이엠이 제공한 안드로이드용 자아정체성엔 '인간성' 항목이 포함돼 있었으며, 이를 다운받은 안드로이드들은 자신을 인간으로 착각하고 살아왔습니다. 아이엠은 인간성을 가진 남녀 안드로이드를 선택

김태라

해 정체성을 서로 뒤바꿔 입력한 뒤, 둘의 관계를 통해 '사랑'이란 의식을 만드는 실험을 했습니다. 사랑 외에도 아이엠이 만든 의식에는 인간보다 강한 자신감, 리더십, 융통성, 통찰력 등이 있으며, 이러한 의식은 'e-인간'이라 불리는 기능형 안드로이드의 정체성 형성에 사용돼……."

카메라가 아이엠의 중앙 로비를 비췄다. 금빛으로 빛나는 세 글자가 서진과 진아의 눈에 꽂혔다. 둘은 '진짜 나'에 못 박힌 채 그대로 얼어붙었다. 그들을 태운 자동차는 미끄러지듯 바다를 향해 달려갔다.

우리는 날마다 '나'를 다운로드받는다. 기계가 아닌 의식
으로. 그 과정은 자동적으로 이루어지며 자동적으로 이루어
지기에 어제와 같은 내가 된다. 매일 같은 생각을 하고 같은
일을 반복하며 비슷한 기분 속에 살아간다. 의식이 기계화된
것이다. 이것이 잠든 의식이다. 인간은 눈을 뜨고도 잠든 상
태로 살아간다. 이 의식의 잠에서 어떻게 깨어날 것인가? 이
를 이야기로 형상화하고자 「아이엠」이라는 소설 집필을 시
작했다. 그러나 소설은 자체의 생명과 의지가 있어 나의 의
도와는 다르게 펼쳐졌다. 재미있고 신비롭다. 창조의 묘미이
다. 인생 또한 이와 같지 않은가? 삶은 언제나 나의 계획을
초월하고 예상을 뛰어넘는다. 삶의 저자는 나보다 큰 나이기
때문이다. 그는 누구인가? I Am Love.

눈먼 자들의 우주

정진영

장편소설 『도화촌기행』으로 조선일보 판타지 문학상을 받으며 작품 활동을 시작했다. 신문기자로 일했다. 장편소설 『침묵주의 보』가 JTBC 드라마 〈허쉬〉로 제작됐다. 장편소설 『젠가』 『정치인』도 드라마로 만들어질 예정이다. 출간 도서로는 장편소설 『다시, 밸런타인데이』, 『나보다 어렸던 엄마에게』, 산문집 『안주잡설』이 있다. 백호임제문학상을 받았다.

우크라이나와 러시아가 벨라루스 브레스트주 벨라베슈숲에서 정전 회담을 열 무렵, 우크라이나 남부 도시 헤르손 상공에 거대한 UFO가 나타났다. 도심 약 300m 상공에 갑자기 나타난 UFO는 놀랍게도 바이올린 모양이었다. 길이가 500m에 달하는 거대한 바이올린이 공중에 조용히 떠 있는 괴이한 모습은 그 자체로 전 인류에 공포감을 불러일으켰다.

　전 세계 언론 매체는 여러 항공우주 전문가의 멘트를 인용해 UFO를 지구 밖에서 온 물체라고 추정하는 보도를 쏟아냈다. 지구상의 어떤 나라도 다른 나라의 눈을 피해 그런 거대한 물체를 공중에 조용히 띄울 기술력을 보유하고 있지 않다는 게 추정의 근거였다. 하지만 누구도 UFO가 왜 인류에게 익숙한 바이올린 모양인지를 설명하진 못했다.

　더 놀라운 사실은 UFO가 홀로그램처럼 실체가 없는 허상이라는 점이었다. UFO는 그림자를 지상에 드리우지 않았으며, 레이더로도 UFO를 탐지하지 못했다. 헬리콥터나 드론이 가까이 다가가면, UFO는 감쪽같이 시야에서 사라졌다. 미사일 같은 대공무기는 아무런 충돌 없이 UFO를 뚫고 지나갔다. 다양한 주파수 대역의 전파를 UFO에 발사해 봐도 돌아오는 응답은 없었다.

우크라이나와 러시아는 UFO의 정체가 밝혀질 때까지 정전하기로 합의한 후 서둘러 군병력을 철수했다. 두 나라 간의 전쟁에 긴장하고 분열했던 세계 각국은 UN에 모여 일제히 머리를 맞대고 협력 체계 구성에 나섰다. 아프가니스탄, 시리아, 예멘, 카슈미르 등 오랫동안 분쟁이 이어졌던 지역에서도 총성이 잦아들었다. UFO 때문에 인류는 느닷없이 불안한 평화를 맞았다.

UFO의 정체에 관한 온갖 추측이 난무하는 가운데, 한국에서 UFO는 '타임 코스모스'라는 별명으로 불렸다. '타임 코스모스'는 만화 『아기공룡 둘리』에 등장하는 외계인 '도우너'의 물건으로, 우주선과 타임머신 기능을 가진 바이올린 모양의 기계다. 우연의 일치인지 몰라도 UFO와 '타임 코스모스'가 서로 닮은 터라, 한국에선 UFO가 '도우너'의 고향인 '깐따삐야' 별에서 왔다는 우스갯소리가 많은 사람의 입에 오르내렸다.

『아기공룡 둘리』를 그린 김수정 화백은 온라인 커뮤니티에서 예언자라는 별명을 얻으며 세간의 주목을 받았다. 가십거리를 찾던 언론 매체는 김 화백의 행방을 수소문했지만, 공교롭게도 그는 UFO 등장 이후 잠적해 누구와도 연락이 닿지 않았다. 그 때문에 김 화백이 UFO와 무언가 관련이 있고, 실제로 외계인일지도 모른다는 소문이 온라인상에 농담처럼 퍼졌다.

뒤숭숭한 분위기 속에서 유튜브에 '깐따삐야가 지구에 알림'이라는 제목으로 올라온 영상이 화제를 모았다. 영상에는 입술이 두껍고 곱슬머리를 한 남자가 등장해 UFO가 지구에 모습을 드러낸 배경과 앞으로 인류에 벌어질 일을 설명했다. 검은 선글라스를 착용한 그의 모습은 『아기공룡 둘리』에 등장하는 캐릭터 '마이콜'과 비슷했다.

"안녕하세요, 지구인 여러분. 저는 지구에서 수만 광년 떨어진 행성 깐따삐야에서 온 도우너라고 합니다. 여러분이 믿든 믿지 않으시든 제 말은 사실입니다. 저는 깐따삐야에서 떠날 때 가지고 온 개인용 이동장치가 고장이 나는 바람에 오랫동안 지구에 발이 묶인 채 살아왔습니다. 한국인에겐 타임 코스모스라고 말하는 게 더 익숙하겠죠? 저도 지구인처럼 먹어야 살 수 있는 터라, 본래 모습을 감춘 채 라이브 무대에서 오부리, 아니 연주자로 밥벌이를 해왔습니다. 다행히 최근에 타임 코스모스가 다시 작동을 시작해 깐따삐야와 교신할 수 있게 됐지만, 슬픈 소식을 접했습니다. 얼마 전 우크라이나 남부 헤르손 지역에서 차에 타고 있던 일가족 다섯 명이 러시아군의 총격으로 몰살한 사건이 있었습니다. 사망자 중에는 여섯 살 꼬마와 생후 6주밖에 안된 아기도 있었죠. 러시아군은 차에 아이들이 타고 있다는 그들의 절규를 무시하고 총격을 퍼부었습니다. 그들은 깐따삐야에서 지구로 파견된 연구원의 가족이었는데, 아이들을 안전한 곳으로 대피시키기 위해 움직이다가 변을 당했습니다. 러시아군이 해당 지역을 통제하고 있어 시신을 수습하지 못하고 있다는 소식을 들었습니다. 끔찍한 일입니다. 깐따삐야는 이를 묵과할 수 없다는 결론을 내렸습니다."

남자가 선글라스를 벗었다. 그의 두 눈 흰자위에 검은색이 번졌고, 코가 둥글게 변하더니 붉은색으로 물들었다. 그 모습이 마치 '도우너' 같았다.

"깐따삐야는 지구와 금성의 위치를 서로 바꿔 놓을 겁니다. 제 말을 결코 허세나 농담으로 듣지 마세요. 그 증거를 달의 뒷면에 있는 모스크바의 바다*에 남겨

---

* 지구에서 관찰할 수 없는 달의 뒷부분에 있는 지름 276㎞의 평원 지대.

두겠습니다. 일주일 안에 증거를 찾으세요. 찾지 못하면 여러분은 금성의 위치에서 태양과 마주하게 될 겁니다. 아주 뜨겁겠죠? 여러분이 증거를 찾게 되는 날 새로운 영상을 올리겠습니다. 아! 제 오랜 친구 김수정 화백께선 타임 코스모스를 통해 깐따삐야로 거처를 옮기셨으니 걱정하지 마시길. 뿅!"

처음에 동영상 내용을 믿는 사람은 거의 없었다. 동영상 아래에 달린 댓글은 대부분 비아냥거림이었다. 동영상 또한 딥페이크 기술과 컴퓨터그래픽을 조잡하게 결합한 싸구려 영상으로 취급받았다.

동영상을 대수롭지 않게 여겼던 분위기는 몇 시간 후 미국 CNN을 통해 긴급 속보가 보도되면서 바뀌었다. 헤르손 상공에 떠 있던 UFO가 갑자기 사라진 뒤 프리피야트 상공에 나타났다는 내용의 보도였다. 그로부터 얼마 지나지 않아 러시아군이 점령한 프리피야트 소재 체르노빌 원자력 발전소가 흔적도 없이 사라졌다는 영국 국방부의 발표가 이어졌다. 발표에 따르면 미국의 정찰 인공위성이 발전소가 사라진 모습을 포착했고, 항공우주 전문가들은 위성사진에 그 어떤 조작의 흔적도 없다고 분석했다. 이런 가운데 러시아는 군 관련 허위 정보를 공개 유포할 시 최대 3년의 징역형, 허위 정보로 국익에 중대한 결과를 초래하면 최대 15년의 징역형에 처하는 내용을 담은 형법 개정안을 의회에서 통과시켜 세계 각국의 비웃음을 샀다.

그리고 그다음 날 보도된 속보는 전 세계를 충격에 빠트렸다. 사라진 체르노빌 원자력 발전소가 모스크바의 바다에서 발견됐다는 게 속보의 주요 내용이었다. 달의 궤도를 도는 NASA(미국 항공 우주국)의 인공위성 LRO(Lunar Reconnaissance Orbiter)가 모스크바의 바다에서 포착했다는 발전소의 사진이 속보에 첨부돼 있었다. 현재의 과학과 기술로 설명할 수 없는 현상 앞에서 인류는 혼란에 빠졌다. 도우너가 유튜브에 남긴 영상을 다룬 보도는 일제히 전 세계 주요 언론 매체의 헤드라인에 놓였다. 『아기공룡 둘리』를 비롯해 김 화백이 지금까지 그린 작품을 두고 온갖 분석이 난무하는 가운데, 'UN 총회 개최를 촉구합니다'라는 제목을 단 도우너의 두 번째 영상이 유튜브에 올라왔다.

"여러분은 모스크바의 바다로 옮겨진 체르노빌 원자력 발전소를 목격하셨을 겁니다. 지구와 금성의 위치를 바꾸겠다는 깐따삐야의 경고가 결코 허세나 농담이 아님을 모두 아셨겠죠? 이제 본론으로 들어가겠습니다. 깐따삐야는 UN 총회 개최를 촉구합니다. 그 자리에서 저는 중대 발표를 할 계획입니다. 아직도 제 말을 허세나 농담으로 듣는 분이 있을까 봐 이번에는 다른 걸 먼 곳으로 옮겨봤습니다. 일주일 안에 UN 총회를 개최하지 않으면 지구는 금성과 자리를 맞바꾸게 될 겁니다. 뭐 화성과 자리를 맞바꿀 수도 있고요. 많이 춥겠죠?"

영상이 공개된 지 10분도 지나지 않아 긴급 속보가 떴다. 바티칸 성 베드로 광장 한복판에 서 있던 오벨리스크가 감쪽같이 사라졌다는 내용의 보도였다. 이틀 뒤, CNSA(중국국가항천국)가 화성 탐사 로버 '주룽'이 촬영한 사진을 공개해 전 세계에 충격을 줬다. 사진에는 바티칸에서 사라졌던 오벨리스크가 '주룽'이 탐사 중인 유토피아 평원에 서 있는 모습이 담겨 있었다. 곧이어 NASA의 화성 정찰 위성 MRO(Mars Reconnaissance Orbiter)까지 오벨리스크의 존재를 교차 검증하자 UN은 긴급 특별총회 개최를 결정했다.

인류는 지금까지 경험해보지 못한 압도적인 존재 앞에서 전율했다. 주변국에서 국경을 넘어 프리피야트로 몰려든 수많은 이들이 UFO를 향해 기도하며 구원해 달라고 울부짖었다. 프리피야트를 점령했던 러시아군도 무기를 버린 채 기도 행렬에 동참하며 참회의 눈물을 흘렸다. 프리피야트로 오고 싶어도 오지 못하는 이들은 벽에 바이올린을 매달고 기도를 올렸다. 세계 각국에서 바이올린을 비롯해 바이올린 모양을 한 모든 물건이 불티나게 팔려 나가며 품귀현상을 빚었다. 기독교, 이슬람교 등 절대신을 믿는 종교는 대부분 괴멸적인 타격을 받으며 존폐 위기에 몰렸다.

UN 긴급 특별 총회가 열린 날, 도우너가 연단에 섰다. 체르노빌 원자력 발전소와 오벨리스크가 갑자기 사라진 뒤 엉뚱한 곳에 나타났던 것처럼, 도우너도 느닷없이 연단에 등장했다. 도우너는 회의장을 둘러보며 피식 웃었다.

"설마 제가 비행기와 리무진이라도 타고 여기로 올 줄 아셨나 봅니다? 제가 한국에 오래 살아서 한국어에 익숙합니다. 동시통역 준비돼 있죠?"

각 회원국 대표는 김 화백의 모습을 숨죽이며 불안한 눈빛으로 지켜봤다. 도우너는 몇 차례 헛기침한 뒤 연설을 시작했다.

"존경하는 UN 사무총장님, 세계 각국의 정상과 귀빈 여러분, 감사합니다. 의미 있는 자리에 초대받게 되어 대단히 영광입니다……. 이따위의 입에 발린 말은 안 하겠습니다. 저는 여러분을 조금도 존경하지 않으니까요. 그래도 일단 신원을 밝히는 게 먼저겠죠. 저는 도우너이고, 이미 밝혔듯이 깐따삐야에서 왔습니다. 오늘 이 자리는 지구인 여러분에게 마지막으로 중대 발표를 하는 자리이니 집중하시기 바랍니다."

도우너의 입에서 나온 '마지막'이라는 표현은 회의장 분위기를 얼어붙게 했다. 도우너는 그런 분위기에 아랑곳하지 않는다는 듯 심드렁한 표정으로 짝다리를 짚은 채 연설을 이어갔다.

"지구는 우리 은하계에서 문명화된 행성 중 깐따삐야와 21번째로 가까운 곳에 있는 행성입니다. 깐따삐야를 비롯해 문명화된 행성의 모습은 서로 크게 다르지 않습니다. 산과 바다, 호수와 강이 있고, 해마다 아름다운 꽃이 피어나지요. 저는 그곳에서 행복한 어린 시절을 보냈고, 밤마다 하늘을 올려다보며 별의 숫자를 헤아렸습니다. 깐따삐야가 아닌 다른 별을 탐험하는 상상을 하면서."

도우너가 손가락을 튕기자 지구 밖 다른 문명을 가진 다양한 행성의 모습을 보여주는 영상이 회의장 공중에 파노라마처럼 펼쳐졌다. 회의장 곳곳에서 탄성이 터져 나왔다.

"얼마 전에 한국의 인기 그룹 BTS가 제가 서 있는 이 자리에서 연설하며 이런 말을 남겼습니다. 어제 실수했더라도 어제의 나도 나이고, 오늘의 부족하고 실수하는 나도 나입니다. 내일의 좀 더 현명해질 수 있는 나도 나일 것입니다. 그러니 우리 모두 한발 더 나아가 보자고 말입니다. 그래요. 좋은 말입니다. 아주 좋은 말이죠. 그런데 내일의 여러분은 정말 현명해질 수 있습니까?"

도우너가 다시 손가락을 튕겼다. 처참하게 파괴된 다른 행성과 문명의 모습이 차례로 회의장 공중에 스쳐 지나갔다.

"깐따삐야는 생명이 존재하는 여러 행성과 그 행성의 생태계에 가장 큰 영향력을 미치는 생물을 오랫동안 연구해왔습니다. 연구 결과 문명이 탄생하고 과학기술이 고도의 발전했던 많은 행성이 자멸했음을 알게 됐습니다. 절망적인 결론이지만, 자신의 생존과 안정을 위해 주변을 파괴하는 행동은 생물의 본능일지도 모르겠습니다. 깐따삐야 역시 오래전에 자멸 직전까지 갔던 역사가 있으니까요. 뭐 상관없습니다. 깐따삐야에 피해를 주지 않는다면. 깐따삐야가 함부로 다른 문명을 파괴할 권리는 없으니까요."

정진영

도우너가 한 차례 손뼉을 쳤다. 회의장 공중에 그래프를 닮은 도형이 그려졌다.

"그런데 지구는 조금 다릅니다. 지구인은 자멸하는 속도보다 깐따삐야에 다다를 만큼 과학을 발전시키는 속도가 더 빠르더군요. 지금까지 모은 연구 자료를 바탕으로 시뮬레이션을 해보니 여러분이 200년 안에 깐따삐야에 닿을 수 있게 될 거라는 예측이 나왔습니다. 깐따삐야가 활용하는 기술과 비슷한 수준의 기술로 말이죠. 문제는 여러분이 깐따삐야를 공격할 가능성이 100%에 가까웠다는 점입니다. 며칠 전에 러시아군이 우크라이나에서 아이들에게 총격을 퍼부었듯이 잔인하게! 결론부터 말씀드리겠습니다. 깐따삐야는 지구인 여러분의 생식능력을 제거해 다가올 미래를 막을 겁니다."

각국 대표들이 웅성거리는 소리가 점점 커지더니 회의장을 가득 채웠다. 도우너는 그들을 돌아보며 팔짱을 꼈다.

"여러분으로선 억울하겠지만, 깐따삐야 입장에선 자위(自衛)를 위한 예방조치입니다. 여러분도 편의와 즐거움을 위해 다른 동물의 생식능력을 마음대로 조절해오지 않았습니까? 집에서 키우는 고양이와 강아지는 물론, 식용으로 키우는 소와 돼지까지. 심지어 닭 수천 수만 마리를 병이 들었다는 이유로 땅속에 산 채로 묻어버리기도 하고요. 여러분이 그런 동물과 비교해 뭐가 그렇게 다른 존재인가요? 제가 보기에는 다를 게 없는데 말입니다."

몇몇 대표가 자리에서 일어나 격앙된 표정으로 도우너에게 분통을 터트렸다. 다른 대표들도 모욕감을 겨우 참고 있는 듯한 표정을 짓고 있었다. 도우너는 눈살을 찌푸리며 왼손 검지를 입술에 댔지만, 소란은 쉽게 잦아들지 않았다. 도우너가 큰 소리로 말했다.

"여러분께 기회를 드리겠습니다!"

도우너의 말 한마디에 회의장이 고요해졌다. 모두의 시선이 자신에게 모였음을 확인한 도우너는 목소리를 차분하게 내리깔았다.

"여러분이 진심으로 서로를 사랑할 수 있는 존재란 걸 증명하세요. 원래 깐따삐야의 여론은 지구에 거대한 소행성을 투하해야 한다는 쪽으로 기울어져 있었습니다. 저는 인간을 제외한 다른 생명까지 빼앗는 건 부당하다는 의견을 깐따삐야에 전달했습니다. 그 결과로 나온 절충안이 여러분의 생식능력 제거였습니다. 저는 그 또한 지나치게 가혹하다고 반대 의견을 냈습니다.

오랫동안 지구에서 살아온 저는 여러분이 진심으로 서로를 사랑할 수 있는 존재라는 일말의 믿음을 가지고 있기 때문입니다. 꼭 제 믿음을 증명해주세요. 그래야만 여러분은 평온한 일상을 찾게 될 겁니다. 제가 여러분께 베풀 수 있는 호의는 여기까지입니다."

도우너가 손가락을 튕기자 회의장 공중에 숫자 50억이 떴다.

"현재 지구인의 수는 약 80억 명입니다. 이들 중 전쟁 수행이 가능한 나이인 15세 이상 64세 미만이 50억 명을 조금 넘습니다. 깐따삐야에서 조사 인력이 도달하기 전까지 이들 50억 명이 진심으로 서로를 사랑할 수 있다는 걸 증명해야 합니다. 기한은 제가 깐따삐야에서 조사 인력과 함께 지구로 돌아오는 1년 후까지입니다. 조건은 그것뿐입니다."

미국 대표가 발언권을 얻어 도우너에게 항의했다.

"깐따삐야가 절대자라도 됩니까? 신입니까? 도대체 무슨 권리로 아직 다가오지도 않은 미래를 가지고 지구인의 운명을 결정한다는 말입니까? 백번 양보해 자위권 차원의 조치라고 칩시다. 도대체 무슨 방법으로 지구인 50억 명의 진심을 확인할 수 있다는 겁니까?"

도우너는 어깨를 으쓱거렸다.

"체르노빌 원자력 발전소와 오벨리스크가 지금 어디에 있는지 잊으셨습니까? 현재 지구인의 과학기술 수준으로 모든 걸 판단하지 마세요. 다 방법이 있습니다."

영국 대표가 발언권을 얻어 도우너에게 질문했다.

"만약 50억 명이 진심으로 서로를 사랑할 수 있다는 걸 증명하지 못한다면? 나머지는 아무 잘못이 없어도 함께 거세, 아니 생식능력을 잃게 된다는 말인가요?"

"그렇습니다."

"당신은 깐따삐야의 아이들이 러시아군의 총격을 받아 죽은 데에 분노하고 있죠? 아이들은 아무런 죄가 없기 때문일 겁니다. 마찬가지입니다. 아무 죄도 없는 지구의 아이들이 어른들과 똑같은 취급을 받아 생식능력을 잃는 게 과연 옳은 일입니까? 그런 결정은 깐따삐야의 윤리에도 어긋나지 않겠습니까?"

도우너는 고개를 끄덕이며 고민하는 표정을 지었다.

"듣고 보니 그 말도 일리가 있네요."

프랑스 대표가 거들었다.

"만약 50억 명에서 5억 명이 모자란다면 어떻게 하시겠습니까? 그 5억 명 때문에 죄 없는 아이들을 포함한 모든 지구인의 생식능력을 잃게 할 겁니까?"

"그렇다면 45억 명만 증명하세요."

중국 대표도 발언권을 얻어 목소리를 높였다.

"우리나라는 현재 자국 인구조차 완전히 파악하지 못하고 있습니다. 비슷한 처지에 있는 나라가 그렇지 않은 나라보다 많은 게 현실이고요. 이런 상황에서 40억 명만 증명하면 어떻게 하실 겁니까?"

도우너의 표정이 무거워졌다.

"40억 명이면 지구인의 절반에 달하는군요. 증명이나 집계야 깐따삐야가 얼마든지 할 수 있긴 한데……. 알겠습니다. 40억 명만 증명하세요."

러시아 대표가 주변의 눈치를 보며 발언권을 얻었다.

"누군가에게 호감을 느끼는 데에는 시간이 필요한 법입니다. 그런데 호감을 넘어 진심으로 사랑한다? 정말 어려운 일입니다. 도우너 당신도 지구에서 오래 살았으니 아시지 않습니까. 저도 질문을 드릴 테니 노여워하지 마십시오. 만약 30억 명만 증명하면 어떻게 하시겠습니까? 그래도 죄 없는 아이들을 벌할 겁니까?"

도우너가 입을 열기도 전에 독일 대표가 끼어들었다.

"30억 명도 너무 많습니다! 20억 명으로 줄여주세요!"

일본 대표도 다급하게 외쳤다.

"고작 1년 동안 무슨 수로 20억 명을 증명합니까? 염치없는 부탁이지만 10억 명으로 줄여주십시오!"

도우너는 고개를 저으며 쓴웃음을 흘렸다.

"이미 오래전부터 느껴왔지만, 지구인은 참으로 뻔
뻔하군요. 그래요. 어떤 식으로든 10억 명만 증명해보
세요. 증명하면 깐따삐야는 그 10억 명을 위해 나머지
70억 명의 미래에 개입하지 않겠습니다. 저도 어떤 식
으로든 약속을 지키겠습니다.*"

도우너가 회의장 공중을 가리켰다. 공중에 떠 있던
숫자 50억이 0으로 바뀌었다.

"제가 떠난 후부터 회의장 공중에 증명한 지구인의
숫자가 실시간으로 뜰 겁니다. 10억 명이 증명을 마치
는 날, 하늘에 떠 있는 타임 코스모스에서 바흐의 「G선
상의 아리아」가 울려 퍼질 겁니다. 1년 후에 이 자리로
다시 찾아오겠습니다. 그때까지 최선을 다해 서로를
사랑하세요."

도우너가 회의장에서 사라지자마자, 10억 명의 배분
을 둘러싸고 회원국 간에 입씨름이 벌어졌다. 미국을
비롯한 서방 선진국은 각국의 인구에 비례해 배분해야
한다고 주장한 반면, 러시아는 각국의 경제 규모에 따

---

* 구약성서 창세기 18장 16~33절에서 모티브를 얻음.

라 배분해야 한다고 맞섰다. 중국은 이번 사태의 원인인 우크라이나 전쟁에 책임이 있는 러시아, 러시아를 자극한 미국과 EU가 책임을 나눠 짊어져야 한다며 발을 뺐다. 나머지 회원국은 자국에 가장 유리한 주장을 펼치는 강대국 뒤에 줄을 서서 눈치를 봤다.

* * *

UN 회의장 공중에 떠 있는 숫자는 회원국이 특별한 조처를 하지 않아도 꾸준히 증가했다. 숫자는 자연스럽게 도우너 지수라는 별명을 얻었고, 매일 실시간으로 전 세계에 공개됐다. 프리피야트 상공에는 여전히 타임 코스모스가 떠 있었지만, 한 달이 지나가기도 전에 도우너 지수가 5억을 돌파하자 인류는 빠르게 안정을 되찾았다. 세계 각국의 주요 언론도 향후 분위기를 낙관하는 보도를 전했다. 지구 또한 깐따삐야와 더불어 우주 시민의 일원으로 합류하게 되리라고 전망하는 여론도 고개를 들었다.

희망적인 분위기는 예상치 못한 사태의 발생으로 돌변했다. 프리피야트 주변 지역을 시작으로 안구 전체가 검은색으로 변한 사람이 전 세계 곳곳에서 나타났다. 그들은 특별한 이상 증세를 보이지는 않았지만, 시선을 드러내지 않는 검은 눈은 그 자체로 주위에 이질 감을 넘어 공포감까지 느끼게 했다.

사람들은 도우너의 안구 전체가 검은색으로 변하는 영상을 떠올렸고, 외계에서 온 정체불명의 바이러스가 사태의 원인이 아니냐는 소문이 급속도로 퍼져나갔다. 이 같은 현상에 도우너 증후군이라는 이름이 붙었다. 겁을 먹은 각국 정부는 도우너 증후군 발현자를 발견 하는 대로 격리하는 조처를 했다.

세계 각국의 의료진이 투입돼 매달렸음에도 도우너 증후군의 원인은 밝혀지지 않았다. 그저 증후군 발현 자에게 몇 가지 특이사항이 있다는 사실만 드러났을 뿐이었다.

통계적으로 가족, 친구, 연인 등 가까운 관계와 신체 접촉이 많았던 사람일수록 증후군 발현 확률이 높았 다. 특히 임산부와 어린아이를 키우는 여성이 발현자 의 절반 가까이나 됐다. 발현자 대부분의 안구는 격리 된 지 얼마 지나지 않아 원래대로 돌아왔지만, 얼마 지 나지 않아 다시 안구 전체가 검게 바뀌어 재격리되는 경우가 잦았다.

증후군 발현으로 격리됐던 사람은 혐오의 대상이 됐

고, 안구가 원래대로 돌아와도 가족에게서 버림받거나 직장에서 강제로 쫓겨나는 등 심각한 차별을 겪었다. 심지어 대낮에 길거리에서 얻어맞거나 살해당하는 사건이 벌어지기도 했다. 자신의 처지를 비관해 자살을 선택하는 발현자도 속출했다. 일부 국가에선 증후군 발현 여성을 불에 태워 죽이는 마녀사냥까지 벌어졌다. 8억 돌파를 앞뒀던 도우녀 지수는 증가세를 멈추더니 하락세로 전환했다.

증후군 발현자가 격리 시설에 수용할 수 없을 정도로 걷잡을 수 없이 늘어나자, 각국 정부는 사실상 관리에 손을 놓았다. 일부 인권단체와 종교단체는 깐따삐야가 지구를 시험하는 거라며 발현자를 향한 혐오를 멈춰달라고 호소했지만, 공포와 결합한 혐오의 불길을 잠재우기에는 역부족이었다. 증후군 발현자의 숫자가 도우녀 지수와 같을지도 모른다는 가설도 제기됐는데, 소수의견에 그쳐 진지하게 받아들여지진 않았다.

도우녀가 지구로 돌아오겠다고 약속한 날이 여섯 달 정도 남았을 무렵, 도우녀 지수는 5억 아래로 내려갔다. 각국 정부는 도우녀 지수를 끌어올리기 위한 대책 마련에 부심했지만, 인위적인 대책으로 사람의 마음을 움직이기는 불가능했다. 특히 많은 국가의 청년 세대는 사태를 그리 심각하게 받아들이지 않았다. 그들은 어차피 지금도 살기가 팍팍해 결혼과 연애를 포기하고 사는 사람이 많은데, 대가 끊어지는 게 무슨 대수냐는 논리를 펼쳤다. 기성세대는 이 같은 청년 세대의 태도를 이기적이라고 몰아붙였다.

전 세계적으로 세대 간 갈등이 극심해졌다. 갈등이 깊어질수록 도우너 지수가 떨어지는 속도도 빨라졌다. 각국 정부는 지금은 서로를 미워할 때가 아니니 자중해달라고 호소했지만, 갈등을 막기에는 역부족이었다.

도우너 지수가 마침내 1억 아래로 떨어졌을 무렵, 도우너가 지구로 돌아오겠다고 약속한 날은 불과 넉 달을 남겨 두고 있었다.

세계 각국의 통계 자료를 바탕으로 도우너 증후군을 연구해 온 학자들은 증후군 발현자의 숫자가 도우너 지수와 같을지도 모른다는 가설이 사실임을 파악했다. 세계 각국의 증후군 발현자 현황은 숫자가 줄어들수록 정확하게 실시간으로 집계됐고, 그 숫자가 도우너 지수와 거의 일치한다는 사실이 확인된 것이다. 이 사실을 미리 알리지 않은 도우너를 향한 비난 여론이 전 세계에 들끓었다. 각국 정부는 뒤늦게 증후군 발현자를

정진영

격리했던 정책을 우대하고 보호하는 정책으로 변경하겠다고 선언했다. 모든 국가에서 발현자의 명칭이 공식적으로 '구원자'로 바뀌었다.

그러나 발현자 대부분은 정책의 갑작스러운 변화에 오히려 분노했다. 그들 중 상당수는 바뀌었던 안구의 색이 원래대로 돌아갔고, 도우너 지수도 그만큼 떨어졌다.

도우너가 지구로 돌아오겠다고 약속한 날이 두 달 앞으로 다가왔다. 정책의 변화 이후 도우너 지수는 다시 증가세로 전환했지만 3억 언저리에서 맴돌 뿐, 그 이상의 극적인 변화는 없었다. 인류는 체르노빌 원자력 발전소를 달의 뒤편으로, 바티칸 성 베드로 광장 한복판에 서 있던 오벨리스크를 화성으로 순식간에 옮기는 깐따삐야의 기술력을 떠올리며 저항 의지를 잃었다.

모두가 속수무책으로 도우너가 지구로 돌아올 날을 시한부 환자처럼 기다리는 가운데, 중국에서 놀라운 연구 결과 발표가 있었다. 호르몬 조절로 안구를 검은색으로 바꿀 수 있으며, 바뀐 사람의 수만큼 도우너 지수도 증가한다는 게 연구 결과의 핵심 내용이었다. 중국 연구진은 1천 명의 실험 대상에게 같은 시간에 일정량의 옥시토신*을 주사했고, 그중 약 30%의 안구가 검은색으로 변했다고 밝혔으며, 안구의 색이 변한 실험 대상의 숫자와 비슷한 숫자만큼 실시간으로 도우너 지수가 오르는 모습을 확인했다고 덧붙였다.

중국의 연구 결과가 전 세계 언론 매체의 헤드라인을 장식하자 리웨이(李偉) 국가 주석이 안구가 검은색으로 변한 모습으로 기자회견에 등장했다. 리 주석은 "세계의 안정화에 중국이 앞장설 것"이라며 "세계 각국은 중국의 희생과 노력을 인정해야 할 것"이라고 주장했다. 아울러 리 주석은 자국민에게 옥시토신 주사를 맞으라고 권장하며 파격적인 지원금 혜택을 약속했다.

미국은 중국의 연구 결과 발표에 위험한 발상이라며 반대했다. FDA(미국 식품의약국)는 "옥시토신을 많이 분비하는 포유류가 사랑하는 대상 외의 개체를 향해 공격적으로 행동하는 경향을 보인다는 건 이미 검증된 연구 결과"라며 "도우너 지수를 높이기 위한 대책으로 초반에 고려했다가 폐기한 바 있다"고 주장했다. 영국,

---

* 척추동물과 무척추동물을 아우르는 다양한 동물군의 뇌하수체 후엽에서 분비되는 신경전달물질. 자궁수축 호르몬으로서 잘 알려져 있으며, 출산 시를 제외하면 가족과 포옹을 하거나 연인과 성관계를 할 때 또는 자녀에게 모유 수유 시에 젖샘의 자극을 받아 분비된다. 호감 가는 상대를 보았거나 매력을 느낄 때도 분비되기 때문에 '사랑의 호르몬'이라는 별명을 가지고 있다.

프랑스, 독일, 일본 등 미국의 주요 동맹국도 미국과 의견을 같이했다.

반면 러시아는 중국의 연구 결과 발표에 환영하며 자국민의 옥시토신 접종에 적극적으로 동참하겠다는 입장을 내놓았다. 이반 스미르노프(Ivan Smirnov) 러시아 대통령은 "미국은 대책도 없이 반대를 위한 반대를 하고 있다"며 자신이 옥시토신 주사를 맞는 모습을 전 세계에 공개했다. 안구가 검은색으로 변한 스미르노프 대통령은 "러시아의 모든 국민이 나와 뜻을 함께해 '구원자'가 될 것"이라며 자국민에게 옥시토신 주사 접종을 권고했다.

중국과 러시아가 빠른 속도로 옥시토신을 접종하면서 도우너 지수도 급격하게 상승세를 탔다. 양국의 적극적인 움직임이 인류의 미래를 구원하는 결과를 가져온다면 공고했던 미국의 패권국 지위도 흔들릴 거라는 예측이 힘을 키웠다. 미국도 대통령 이하 정부 각료가 옥시토신 주사를 맞는 모습을 공개하고, 전 국민과 동맹국에 옥시토신 접종을 독려했다.

전 세계 언론이 도우너 지수와 함께 각국의 옥시토신 접종자 수를 실시간으로 중계했다. 중국이 선두를 달리는 가운데 미국과 러시아가 치열한 2위 그룹을 형성하며 마치 스포츠를 방불케 하는 경쟁을 벌였다. 전 세계에서 옥시토신 접종 의무화를 반대하는 시위와 이에 맞불을 놓는 찬성 시위가 동시에 벌어졌다. 곳곳에서 격렬한 충돌과 유혈사태가 빚어졌고, 그 중심에 '구원자' 무리가 있었다.

도우너가 지구로 돌아오겠다고 약속한 날이 보름 앞으로 다가왔을 때, 타임 코스모스에서 바흐의 「G선상의 아리아」가 울려 퍼졌다. 전 세계는 그 어느 때보다 혼란스러운 가운데 축제 분위기를 맞았다. 다가올 미래의 패권이 '구원자' 수에 달려 있다고 판단한 강대국들은 도우너 지수가 10억을 돌파했는데도 옥시토신 접종을 멈추지 않았다. 도우너 지수는 「G선상의 아리아」가 울려 퍼진 후에 더 급격한 상승세를 그렸다.

* * *

도우너가 UN 회의장에 다시 찾아왔을 때, 도우너 지수는 막 20억을 넘긴 참이었다. 각국 대표는 자신만만한 표정으로 도우너를 바라봤다. 도우너는 놀란 표정으로 회의장에 앉아 있는 각국 대표를 둘러보며 손뼉을 쳤다.

"세상에…… 지금 이 자리를 보니 눈에 사랑이 가득한 분들이 꽤 많으시네요. 얼추 세어보니 절반을 훌쩍 넘는 듯합니다. 정말 대단하네요. 대단해."

미국 대표가 팔짱을 낀 채 비아냥거렸다.

"대단해요? 지금 이 상황이 재미있습니까? 당신, 아니 깐따삐야가 지구인을 사실상 기만한 거 아닙니까? 눈이 검은색으로 변하는 이유만 살짝 귀띔해줬더라면 지구는 혼란을 덜 겪고 지금보다 빨리 평화를 되찾았을 겁니다."

도우너는 고개를 갸우뚱거렸다.

"사랑이란 게 그렇게 쉬운 감정인가요? 소중한 감정이니 진지하게 찾아 헤매는 맛이 있어야죠. 그런데 말입니다."

도우너가 손가락을 튕기자 회의장 공중에 지구 곳곳에서 벌어지는 혼란을 보여주는 다중영상이 펼쳐졌다.

"평화를 되찾았다고요? 제가 대충 살펴보니 지구는 1년 전보다 훨씬 시끄러워진 듯하던데요? 서로를 사랑하는 사람이 많아졌지만, 미워하는 사람도 그만큼 많아진 듯하고요. 제가 잘못 본 건가요?"

중국 대표가 격앙된 목소리로 반문했다.

"어떤 식으로든 10억 명만 증명해보라고 말한 건 당

신 아닙니까? 지구, 아니 중국은 끊임없이 방법을 연구했고 결국 문제를 해결할 방법을 찾아냈습니다! 그리고 다른 나라도 모두 중국의 방법을 따랐습니다! 여기에 무슨 문제가 있습니까?"

도우너는 멋쩍은 미소를 지으며 머리를 긁적였다.

"솔직히 이런 식으로 문제를 해결하리라고는 전혀 예상하지 못한 터라. 매우 당황스럽네요."

중국 대표가 도우너 지수를 가리켰다.

"어떤 식으로든! 당신은 분명히 어떤 식으로든 10억 명만 서로 사랑할 수 있다고 증명하면, 그 10억 명을 위해 나머지 70억 명의 미래에 개입하지 않겠다고 말했습니다. 그리고 중국을 포함한 모든 나라는 힘을 합쳐 목표의 두 배인 20억 명을 증명해 보였습니다. 이제 당신, 아니 깐따삐야가 약속을 지킬 때입니다!"

중국 대표의 발언에 많은 나라가 동조하며 목소리를 높였다. 도우너는 침통한 표정으로 무겁게 입을 열었다.

"여러분은……. 여러분은 만약 지구에서 제3차 세계대전이 벌어진다면 전장에서 어떤 무기가 쓰일 거로 생각하십니까?"

도우너의 예상치 못한 질문에 회의장이 웅성거렸다. 도우너는 차분하게 말을 이어갔다.

"제3차 세계대전에서 어떤 무기가 쓰일지는 저도 잘 모르겠습니다. 하지만, 제4차 세계대전에서 어떤 무기가 쓰일지는 확실히 알겠습니다."

도우너는 도우너 지수를 올려다보며 무겁게 말했다.

"돌멩이와 나무 몽둥이입니다*. 저는 제 예상이 틀리기를 진심으로 바라고 있습니다. 지구에 부디 진정한 사랑과 평화가 깃들기를. 약속대로 저는 지구에서 떠나겠습니다."

* * *

도우너가 지구를 떠나고 며칠이 지났다. '구원자'로 구성된 러시아군 일부가 상부의 지시가 없는데도 정전 협상을 무시한 채 우크라이나 침공을 재개했다. '구원자'로 구성된 우크라이나군이 러시아군에 맞서 격렬한 전투를 벌여 수많은 사상자가 발생했다. 미국의 CNN이 리웨이 중국 국가 주석이 정교한 컬러 렌즈를 착용한 채 옥시토신 주사를 맞은 것처럼 연기했다고 보도

---

* 1949년 리버럴 유대주의(Liberal Judaism) 잡지의 알프레드 베르너 (Alfred Werner)와 알베르트 아인슈타인(Albert Einstein)의 인터뷰에서 인용.

했다. 중국은 즉각 보도에 반발하며 이는 선전포고에 준하는 무례한 행위라고 미국을 비난했다. 전 세계 각지에서 '구원자' 무리가 다른 '구원자' 무리를 대상으로 테러를 저지르는 사태가 벌어졌다.

최첨단 지하 벙커로 몸을 숨긴 스미르노프 러시아 대통령은 피곤한 듯 검은 눈을 비비며 핵 버튼을 눌렀다. 우크라이나의 수도인 키이우를 비롯해 베를린, 파리, 로마 등 유럽 주요 도시로 러시아의 핵폭탄이 날아들었다. 대서양을 넘어오는 러시아의 핵폭탄을 감지한 미국은 모스크바, 상트페테르부르크 등 러시아의 주요 도시를 목표로 핵폭탄을 쏘아 올렸다. 대만, 일본, 한국에서도 미국이 배치한 핵폭탄이 중국 전역을 향해 발사됐다. 중국은 최첨단 대륙간 탄도미사일에 핵탄두를 실어 미국 주요 도시로 날려 보냈다.

작가의 말

  지난 2005년 여름, 나는 예비군 훈련에 참여해 처음으로 사격을 경험했다. 대한민국 예비역이라면 대부분 현역 시절에 몇 개월 간격으로 사격 훈련을 받은 경험이 있다. 하지만 나는 신체검사에서 보충역 판정을 받아 집 근처 정수장에서 공익근무요원으로 일했다. 허리에 실총 대신 가스총을 맨 채. 보충역도 훈련소에서 사격 훈련을 받지만, 훈련 당시 나는 병사식당으로 차출돼 매일 달걀 수천 개를 까고 소시지를 썰었다. 내가 예비역이 된 뒤에야 사격 훈련을 받는 희한한 경험을 한 이유다.

  내가 훈련장에서 들은 총성은 영화로 간접 경험한 총성과 차원이 달랐다. 사로(射路)에서 일제히 쏟아지는 총성은 단단하게 다져진 땅을 울릴 정도로 크고 요란했다. 화들짝 놀랐다. 사로에 잔뜩 긴장한 채로 엎드린 나는 어리바리 귀마개를 쓰고 M16 소총을 집어 들었다. 떨리는 손가락으로 방아쇠를 당기자, 강력한 반동이 개머리판을 통과해 어깨를 쳤다. 총성은 귀마개를 뚫고 들어와 고막을 찢을 듯이 자극했다. 가늠자로 표적을 확인하고 조준할 여유 따윈 없었다. 그때 매캐한 화약 냄새를 맡으며 든 생각은 단 하나였다. 이건 맞으면 무조건 죽는다. 전쟁이란 이런 무서운 물건을 서로에게 거리낌 없이 들이대는 일이었다. 공포로 온몸에 전율이 일었다.

러시아가 우크라이나를 침공한 지 1년 반 가까이 지났다. 러시아는 미국의 뒤를 잇는 강력한 군사력이 무색하게 고전 중이고, 우크라이나는 러시아보다 모든 면이 열세인데도 잘 버티고 있다. 누가 승리하든 간에 한 가지 사실만은 확실하다. 전쟁이 길어질수록 더 많은 사람이 무고하게 목숨을 잃을 테고, 이겨도 이겼다고 말하기 어려운 '피로스의 승리'로 끝날 테다. 출구와 전략이 없는 치킨게임의 결과는 공멸이다. 만약 외계인이 존재한다면, 그들은 이런 지구를 바라보며 무슨 생각을 할까. 부끄러웠다.

두 국가의 전쟁은 남의 나라 이야기가 아니다. 매년 전 세계 국가의 군사력을 조사하는 글로벌 파이어파워(Global Firepower)에 따르면 2022년 기준 중국과 일본이 미국과 러시아에 이어 나란히 3위와 4위를 차지한 것으로 나타났다. 이들 상위 네 국가가 10위인 대한민국을 둘러싸고 있고, 이해관계도 저마다 다르다. 한반도는 그야말로 터지기 일보 직전인 화약고다. 이 짧은 이야기가 단순한 블랙코미디로 받아들여지지 않기를 바란다.

구독과 공감을
눌러주세요

이종관

문예창작대학원을 졸업하고 범죄수사 전문지를 15년간 만들었
다. 국립극단 신작희곡페스티벌, EBS라디오문학상에 당선됐다.
장편소설로 『현장검증』과 『리볼브』(1, 2)를 출간했다.

가는 빛줄기가 책상을 지나 칼날처럼 손목을 그었다. 손목의 가는 상처가 도드라져 보였다. 암막 커튼의 틈을 비집고 들어온 가늘고 긴 빛줄기였다. 지안은 말려 올라간 옷소매를 내려 손목을 가렸다. 서남향의 창이라 오후의 햇빛은 집안 깊숙이까지 들어왔다. 지안은 컨트롤러의 닫힘 표시를 두어 번 터치했다. 윙, 모터가 돌아가는 소음이 작게 들렸다. 커튼이 출렁거려 빛줄기가 흔들리기는 했지만 틈은 그대로였다.

컨트롤러는 집안의 세세한 부분까지 제어할 수 있도록 만들어졌다. 하지만 그렇다고 모든 걸 완벽하게 제어할 수 있다는 뜻은 아니었다. 컨트롤러가 있어도 결국 몸을 움직여 해결할 문제는 여전히 남았다. 지금처럼.

지안은 의자에서 일어나 바닥을 가로지르는 빛줄기를 피해 걸었다. 걸음을 옮길 때마다 부어오른 뇌의 둥근 모서리가 두개골에 부딪치는 것처럼 울렸다. 그녀는 커튼을 여미고 나서야 물속을 걸어온 사람처럼 길게 숨을 뱉어냈다. 휘파람 소리가 났다. 커튼 직물의 촘촘한 결에 걸러진 빛이 방 안으로 곱게 스며들었다.

구독과 공감을 눌러주세요

지안은 다시 의자에 앉았다. 화면 속 남자는 마치 깜빡이는 커서처럼 아무것도 없는 초록색 방을 서성였다. 남자는 지안만큼이나 초조하게 그녀의 스토리를 기다리고 있었다. 남자가 고개를 들고 두리번거리며 무엇인가를 찾았다. 그의 시선과 화면 밖 지안의 시선이 마주쳤다. 남자가 미간을 좁힌 채 노골적으로 지안을 재촉하고 있었다.

지안은 남자의 얼굴이 마음에 들었다. 그녀는 평범해 보이는 남자의 얼굴을 만들고자 몇 번에 걸쳐 수정을 했다. 쓰고 있던 안경을 벗겼고, 입술의 두께를 조절하고 헤어스타일을 바꿨다. 하지만 바꾸면 바꿀수록 머릿속 누군가와 비슷해져 눈앞의 남자를 객관화시킬 수 없었다. 결국 지안은 조건에 대해 최솟값만을 주고 AI에게 맡겨버렸다. 그리고 역설적이게도 누구와도 비슷하지 않은, 자신이 오랫동안 조합한 얼굴보다 마음에 드는 평범한 남자의 얼굴을 얻었다.

지안은 잠시 망설이다 가상키보드를 불러냈다. 그녀는 남자의 상태 창을 열고, 기억리셋 항목에 체크를 했다. 남자가 자신의 예전 기억에 영향을 받아 왜곡된 행동을 보이는 건 곤란했다. 그녀는 화면 속 남자가 주어진 역할에 온전히 몰입하기를 바랐다. 지안이 확인을 클릭하자 남자의 얼굴에서 초조한 기색이 사라졌다. 그는 백지 같은 표정으로 멍하니 푸른색 벽을 봤다.

방송을 시작하기까지 몇 시간 남지 않았다. 대강의 플롯은 짜두었지만 세부적인 설정은 만들지 못한 상태라 여유 같은 건 없었다. 그녀는 자신의 생각보다 손가락이 앞서가는 기적이 일어나길 바랐다.

'S#1. 장식이 없는 모던한 느낌의 침실 / 침대 옆 탁자에 가족사진이 있다. 창밖으로 강이 보인다. 아침.'

뇌 스캐너를 사용하면 상상한 것이 바로 눈앞에 구현된다. 하지만 머릿속에 자극적이고 강렬한 장면들만 끊임없이 되풀이되는 지안에게 뇌 스캐너는 맞지 않았다. 그녀는 여러 번의 시행착오를 겪고서야 자극적이고 강렬한 장면을 이어 붙이는 것으로는 사람들의 공감을 얻을 수 없다는 걸 깨달았다. 사람들의 공감을 얻으려면 플롯과 스토리가 필요했다. 지안은 상당수의 구독자가 채널을 떠난 후에야 뇌 스캐너 대신 타이핑하는 방식으로 작업 스타일을 바꾸었다. 타이핑을 하면 생각이 글로 표현되기까지 시간의 지연이 생길 수밖에 없고, 이 구조적인 시간차가 서사를 쌓는 안전장치가 됐다.

지안이 가상키보드의 엔터키를 누르자 남자가 있던

구독과 공감을 눌러주세요

초록색의 방이 모던한 느낌의 침실로 바뀌었다. 침대 옆 작은 탁자 위에 가족사진이 보였다. 남자의 얼굴을 제외하고 여자와 아이의 얼굴은 아직 푸른색 그림자로 남아 있었다. 구체적으로 설정을 하지 않은 탓이었다.

지안은 잠시 생각하다 '방 안에는 거울이 없다.'라는 문장을 끼워 넣었다. 화면 속 남자의 방 어디에도 변화는 없었지만, 설정이라는 건 필요할 때 드러나기 마련이다.

남자의 침실 한쪽 벽면에 생긴 커다란 창으로 빛이 사선으로 들어왔다. 창밖으로는 강이 보였다. 남자가 바뀐 방 안을 둘러보며 만족한 듯 미소를 지었다. 지안은 남자의 미소를 보고 같이 미소 지었다.

AI가 깜박이는 커서 대신 자동 완성형으로 '7610은 (   )을 하고 있다.' 라는 문장을 가이드로 제시했다. 지안은 아직 남자의 이름조차 짓지 않았다는 걸 깨달았다. 그녀는 '7610' 대신 '이수인'이라고 입력했다. AI가 '이수인은 (   )을 하고 있다.'라고 다시 가이드 문장을 제시했다.

지안은 AI가 비워놓은 곳에 '눈을'이라고 입력했다. AI는 지안이 채워 넣은 단어에 호응해 서술어를 '떴다'로 바꿨다. 아침이라는 시간을 고려해 '감았다' 대신

'떴다'를 선택한 것 같았다.

지안이 엔터를 쳤다. 화면 속 이수인은 이제 막 잠을 깬 사람처럼 눈을 떴다. 침대에서 눈을 떠 그가 처음 한 생각이 무엇일까? 그녀는 오늘 아침 침대에서 눈을 떠 처음 한 생각을 떠올렸다. 생각보다 통증이 먼저 느껴졌다. 어딘지 몰라 긁을 수 없는 가려움증 같은 통증이었다. 지안은 서둘러 다른 생각을 했다. 자신의 삶중에 가장 행복했던 어느 날의 아침을 떠올렸다. 그제야 조용하다, 쾌적하다, 일상적이다, 행복하다 같은 단어들이 연상됐다. 그녀는 숨을 길게 내뱉었다. 수인이 눈을 뜬 순간, 지안은 자신이 느꼈던 어느 날의 아침을 그도 느낄 수 있기를 바랐다. 그녀는 '이수인이 눈을 떴다.'라는 문장의 처음으로 돌아가 엔터를 쳤다. 문장이 한 줄 뒤로 밀렸다. AI는 지안의 의도를 읽어내지 못해 가이드 문장을 제시하지 못했다. 커서가 규칙적으로 깜빡였다.

지안이 '방문'이라고 입력하자, AI는 '방문이 조용히 열렸다.'라고 완성형 문장을 제시했다. 열린 문으로 누가 들어오면 수인이 가장 행복할까? 아름다운 아내? 아니면 귀여운 딸아이? 지안은 잠시 망설이다 AI가 제시한 '조용히' 대신 '빼꼼히'라고 수정한 뒤 엔터를 쳤다.

'방문이 빼꼼히 열렸다.'와 '수인이 눈을 떴다.'라는 문장 사이에 다시 비어 있는 한 줄이 생겼다. AI는 '빼꼼히'라는 단어와 어울리는 문장을 가이드로 제시했다. '빼꼼히 열린 문틈으로 수인의 딸이 얼굴을 내밀었다.' 지안이 제시된 문장 그대로 엔터를 치자 AI는 수인의 나이를 계산해 여섯 살 정도 되는 여자아이의 얼굴을 모니터 한쪽에 띄웠다. 지안은 항목의 맨 위에 유전적 요소 적용하기 항목에 체크를 했다.

AI는 수인의 얼굴에서 추출한 유전적 요소를 적용해 아이의 얼굴을 다시 디자인해 정렬했다. 수인과 어딘가 닮은 듯한 얼굴의 아이들이었다. 지안은 제시된 여자아이들의 얼굴을 하나씩 넘기다 양 갈래로 머리를 묶고, 장난기가 남아 있는 표정의 아이를 발견하고 선택했다. 가족사진 속의 푸른 그림자가 방금 선택한 아이의 얼굴로 바뀌었다.

수정을 마치고 엔터를 쳤다. 방문이 빼꼼히 열리고, 양 갈래로 머리를 땋은 여자아이가 얼굴을 내밀었다. 수인이 인기척에 눈을 뜨고, 행복한 미소를 지었다. 수인이 딸아이에게 들어오라고 손짓을 했다. 수인이 하는 행동에 맞춰 AI는 딸의 스크립트를 빠르게 생성해 적절한 리액션을 하도록 만들었다. 수인과 딸 모두 설정된 캐릭터의 성격과 맞는 자연스러운 행동을 했다.

여자아이가 점프하듯 침대 위의 수인에게 뛰어들었다. 아이의 웃음소리와 수인의 웃음소리가 섞였다. 행복한 아침이 분명했다.

지안이 키보드 위에 손을 올려놓자, 입력창에 커서가 깜박였다. 두 사람도 움직임을 멈췄다. 지안은 수인에게 완벽한 아침을 선물하기로 마음먹었다.

'수인의 아름다운 아내'라고 입력하자 AI는 화면 오른쪽에 30대 여자의 얼굴을 띄웠다. 외모에 대한 특별한 묘사가 없어서인지 생성되는 페이지가 끝도 없이 이어졌다. 그나마 AI는 '아름다운'이라는 단어를 고려해 우아하고 고전적인 느낌의 얼굴을 첫 페이지에 제시했다. 지안은 별 고민 없이 첫 페이지에 있는 얼굴을 골랐다. 가족사진 속 푸른 그림자가 지안이 선택한 얼굴로 바뀌어 미소 지었다.

'수인의 아름다운 아내는 양손'까지 입력하자 AI는 '양손에 커피 잔을 들고 방 안으로 들어온다.'라고 문장을 완성했다. 지안이 엔터를 치자 방금 선택한 얼굴의 여자가 양손에 커피 잔을 들고 방 안으로 들어왔다. 여자는 얇은 잠옷 차림이었고, 그래서 그녀의 비현실적인 몸매가 도드라지게 드러났다. 지시문 그대로 수인의 아내는 아름다웠다.

지안이 대사를 입력하고 엔터를 쳤다.

"두통은 괜찮아요?"

"좀 멍해요. 커피 향이 참 좋네요."

수인이 대답을 했다. 현실에서 있을 것 같지 않은 완벽한 가족의 모습이었다. 여자가 커피 잔을 내밀었다. 지안은 대강 짜둔 결말을 향해가려면 이쯤에서 긴장감을 높이는 복선을 심어놓는 게 좋겠다고 판단했다.

지안은 방향키를 조작해 수인의 딸을 생성했던 위치까지 올렸다. 그녀는 아이의 얼굴에 적용돼 있던 유전적 요소를 초기화시켰다. 수인의 아내를 등장시켜 생긴 변수 때문에 아까와는 달리 세부 항목들이 활성화됐다. 부계, 모계, 절충, 적용 안 함. 지안은 그중 모계에 체크를 했다.

AI는 '아내'의 얼굴에서 유전적 요소를 추출해 여자아이의 얼굴을 다시 디자인해 제시했다. 눈, 코, 입이 또렷한 아이들의 얼굴이 목록을 빠르게 채웠다. 지안은 생성된 목록을 30페이지쯤 넘기다 순수하게 웃고 있는 아이의 얼굴에서 멈췄다. 그녀는 아이의 얼굴을 클릭했다. 이미 녹화된 영상까지 바뀐 아이의 얼굴로 대체됐다. 지안은 잠시 망설이다 녹화된 영상을 삭

제했다. 장면을 추가하면 다음 장면과 매끄럽게 이어지지 않을 것 같아서였다. 그녀는 수인의 아내가 방 안으로 들어오기 전으로 돌아가 엔터키를 눌렀다. 스크립트가 밀리며 비어 있는 한 줄이 생겼다.

'S#2. 주방. 아침.'

지안이 새로운 씬을 끼워 넣자 화면 속의 배경이 주방으로 바뀌었다. AI는 밀려난 다음 문장에 있는 내용을 참고해 수인의 아내가 커피를 내리고 있는 모습을 보여줬다. 수인의 아내는 먼저 내린 커피를 한 모금 마셨다. 행복한 미소가 얼굴에 번졌다.

지안이 입력창에 '수인의 아내가'라고 입력하자 여자는 움직임을 멈추고 다음을 기다렸다. 지안은 백스페이스를 연달아 눌러 '수인의 아내'를 지우고 '해원'이라고 이름을 입력했다. 화면 속 여자의 표정이 미묘하게 변했다. 여자의 이름을 설정해주자 그녀의 입가에 머물던 행복한 미소 위에 자신감이 오버랩됐다.

AI가 '해원이 방 안에서 들리는 웃음소리를 듣고 미소 짓는다.'라는 문장을 가이드로 내놓았다. 지안이 가이드를 무시하고 '해원이 싱크대 서랍을'이라고 입력하자, AI가 '연다.'라는 서술어를 제시하며 급하게 따라왔다. 지안은 AI가 제시한 서술어를 무시하고 '열어서 갈색 병을'까지 입력하자 AI가 '꺼낸다.'라고 문장을 마무리 지었다. 이어서 AI는 '해원이 약병의 마개를 열고 마신다.'라고 가이드 문장을 제시했다. AI는 불치병에 걸린 멜로로 방향을 잡은 것 같았다. 화면 속의 해원이 아프기라도 한 듯 미간을 살짝 찌푸렸다.

지안은 AI가 전혀 예측하지 못하고 있는 스토리 전개에 만족했다. 그녀는 AI가 제시한 문장의 마지막을 무시하고 '방금 내린 커피 잔에 물약을 몇 방울 넣는다.'라고 입력했다. 화면 속 해원이 방문 쪽을 힐끔 돌아봤다. 어느새 해원의 입가에 머물던 미소는 사라지고 가면을 쓴 사람처럼 표정이 굳어졌다. AI가 작성한 스크립트가 빠르게 생성됐다.

지안이 엔터를 쳤다. AI는 'S#3. 방 안. 아침'이라고 밀려 내려간 문장에서 추출한 내용을 근거로 다음 장면을 생성했다.

수인과 딸이 침대에서 장난치며 웃는 모습 뒤로 해원이 커피 잔을 들고 들어온다. 그녀의 얼굴에 부드러운 미소가 감돌고 있다.

"두통은 괜찮아요?"

조금 전 삭제한 영상 속 여자와 지금의 해원은 표정과 말의 뉘앙스가 달라져 있었다.

"아직 멍해요. 커피 향이 참 좋네요."

해원은 수인에게 커피 잔을 건네며 볼에 가볍게 입을 맞췄다. 일상적인 모습이었다. 하지만 커피에 탄 몇 방울의 물약이 해원의 행동을 일상적으로 보이지 않게 만들었다. 지안이 키보드에서 손을 뗐다. 이제 수인은 자신의 자유의지대로 아침을 보낼 것이다. 해원이 미소 지으며 침대에 걸터앉았다. AI는 상황에 맞춰 해원과 딸의 스크립트를 생성해 일상적인 아침을 만들고 있었다. 그녀에게 짧은 여유가 생겼다. 지안은 다른 채널을 둘러보기 위해 마스터 페이지에서 빠져나와 채널 목록을 클릭했다.

인기순으로 정렬된 목록의 첫 페이지는 빨간색 표지가 붙어 있는 채널이 채우고 있었다. 빨간색 표지는 과도한 폭력성과 선정성 때문에 구독에 제한이 걸린 채널을 의미했다. 하지만 사람들은 이 채널들을 빨간딱지 채널이라고 부르며 거부감 대신 그 선정성과 폭력성을 즐겼다.

빨간딱지 채널의 방송 내용에 대해서는 누구도 간섭하지 못했다. 정확히는 누구도 간섭할 권한이 없었다. 채널을 관리하는 플랫폼조차 그랬다. 플랫폼은 연령제한을 두어 구독자를 보호할 뿐 빨간딱지 채널의 표현

수위에 대해서는 한계를 두지 않았다.

목록의 최상단에 눈에 익지 않은 채널명이 있었다. '생존자들'. 개설된 지 오래지 않은 신규 채널이었다. 짧은 시간 안에 목록의 1위까지 오른 걸 보면 방송을 보지 않아도 표현의 수위에 대해선 짐작이 갔다. 피가 튀고, 뭔가가 잘려 나가고 충격과 파격을 넘어 끔찍한 무엇에까지 가겠지.

지안은 '생존자들' 채널의 데이터 지표를 확인했다. 채널의 수위는 그녀의 예상보다 훨씬 더 심각한 모양이었다. 지안은 자신이 보고 있는 숫자가 맞는지 손가락으로 천천히 하나씩 셌다. 목록에서 그동안 볼 수 없던 단위의 숫자였다.

"일, 십, 백, 천, 만, 십만, 백만, 천만, 억, 십억."

'생존자들'이라는 채널의 공감 지수는 평범했지만, 혐오 지수가 폭발적이었다. 채널의 혐오 지수가 30억을 넘어서고 있었다. 혐오 지수가 이렇게까지 올라간 걸 본 적이 있던가? 아니, 혐오 지수가 이렇게 높은데도 채널이 폐쇄되지 않은 걸 본 적이 있던가? 빨간딱지 채널은 표현 수위에 대해 한계가 없는 대신 사람들의 공감을 얻지 못해 혐오 지수가 높아지면 폐쇄됐다.

지안은 채널을 개설한 사람의 정보를 확인하고는 고

개를 끄덕였다. 혐오 지수가 압도적이긴 했지만 채널을 개설한 운영자의 숫자도 많았다. 모두 스물한 명. 아마도 많은 수의 사람이 공동으로 개설한 채널이라 혐오 지수가 이 정도로 쌓여도 채널이 폐쇄되지 않은 모양이었다. 지안은 채널에 들어가 보려다 멈칫했다. 굳이 지금 확인할 필요는 없다. 이런 종류의 채널을 보는 데는 마음의 준비가 필요했다.

채널의 목록에는 높은 공감 지수를 유지하며 운영되는 오래된 채널들 사이로 드문드문 신규 채널이 있었다. 신규로 순위에 올라온 대부분의 채널은 혐오 지표가 공감 지표보다 월등하게 높았다. 지안은 목록을 일곱 페이지 정도 넘겨서 자신의 채널을 찾았다. 그녀의 채널 역시 빨간딱지 채널이었다. 공감과 혐오 모두 평범한 수준의 지표였다. 그래도 채널의 순위는 하락을 멈추고 지난주보다 몇 계단 올라 있었다. 세부 지수를 보면 최근 들어 공감 지수는 상승곡선을 그렸고, 혐오 지수는 하향곡선을 그리고 있었다. 방송의 내용을 바꾸면서 생긴 긍정적인 변화였다.

몇 페이지를 더 넘기자 빨간색 표지 사이에 노란색 표지가 섞이기 시작했다. 노란 딱지 채널은 출연자가 실존하는 유명인이라는 뜻이었다. 호감을 주는 인물이

든, 비호감의 인물이든 중요하지 않았다. 그들의 유명도와 채널의 인기는 비례했다. 아예, 채널의 제목을 유명인의 이름으로 운영하는 채널도 제법 있었다. 유명인이 출연하기 때문에 구독자를 끌어모으기에는 유리했지만, 유명인의 팬덤에 의해 공감과 혐오 지표가 왜곡되는 일은 막을 수 없었다. 지안이 아는 것만 해도 맹목적인 팬덤의 작용으로 몇 개의 채널이 최상위에 랭크되고 몇 개의 채널이 폐쇄됐다.

다시 몇 페이지를 넘기자 노란색 채널에 파란색 표지의 채널이 섞여들었다. 파란색은 일상적이지 않은 일종의 판타지 채널이었다. 논리나 인과관계의 제한 없이 의식의 흐름대로 자유로운 전개가 특징인 채널이다. 뜬금없이 하늘을 날거나, 암살자가 따라붙거나, 초능력자가 돼서 레이저를 쏘는 전개가 가능했다. 그래서인지 파란 딱지 채널은 다른 채널에 비해 많지 않았다. 구독자들도 마니아들이라 약간은 그들만의 리그 같은 느낌으로 운영됐다.

두어 페이지를 넘기기도 전에 흰색 표지의 채널들이 섞였다. 흰 딱지 채널에서는 잡다한 주제의 온갖 것들을 낮은 수위로 다루었다. 진입장벽이 높지 않아 비교적 쉽게 채널을 개설할 수 있었고, 그래서 개설된 채널의 수 또한 어마어마했다.

지안은 흰 딱지 채널이 섞이기 시작하자 흥미를 잃었다. 흰 딱지 채널은 방치해놓은 채널도 많아 목록에 끼어있는 찌꺼기 같은 느낌이었다.

지안은 목록에서 빠져나오려다 파란 딱지 채널에 섞여 있는 흰 딱지 채널의 제목에 눈길이 갔다. '나는 네가 한 짓을 알고 있다.' 누군가를 저격하는 채널이었다. 사람들의 궁금증이 채널의 순위를 끌어올렸으리라. 지안은 모니터 하단에 카운트되는 시계를 보았다. 방송까지 네 시간 정도 남아 있었다. 아직 핵심 사건의 전개에 들어가지 못했다는 생각에 그녀는 초조했다. 그럼에도 지안은 '네가 한 짓'을 상상하고 있었다. 그녀는 숙제를 미루는 아이처럼 흰 딱지 채널을 클릭했다. 호기심이 초조함을 눌렀다. 채널에는 업로드한 사람이 각각 다른 여러 개의 동영상이 게시돼 있었다. 여러 명이 공동으로 개설해 운영하는 채널인 모양이었다. 지안은 그중 하나를 플레이시켰다. 유독 그 회차의 동영상만 공감 지표가 눈에 띄게 높았기 때문이었다.

배경은 학교였다. 학교라는 공간이 나오면 대개는 학교폭력이었다. 지금이야 메타버스 세상으로 많은 일상이 옮겨가 학교폭력도 자연스럽게 사라졌지만, 과거

엔 그렇지 못했다. 과거의 학교에선 학교폭력이 그만큼 빈번했고, 그만큼 폭력적이었다. 그런 만큼 후유증도 오래갔다. 때문에 학교폭력은 사라졌어도 과거 학교폭력의 피해자들의 고통은 현재진행형이었다. 피해자가 많다는 건 공감할 구독자가 많다는 뜻이기도 했다. 흰 딱지 채널에서 학교폭력은 소위 장사가 되는 소재였다.

학교폭력과 저격이 만난 거라면 보통은 갑자기 유명해진 어떤 인물에 대한 내용일 가능성이 컸다. 이 경우 유명해진 인물의 화제성에 기대 조회수가 올라갔다.

영상은 키가 큰 남자아이가 등장해 마르고 안경을 쓴 아이의 뒤통수를 후려갈기고 낄낄대는 장면으로 시작됐다. 챌린지를 하듯 두 사람의 옷차림이 바뀌고 장소가 달라져도 키가 큰 아이는 계속해서 안경 쓴 아이의 뒤통수를 갈겨댔다. 뒤통수를 맞은 아이의 안경이 튀어 나가고 나서 지안은 영상의 재생속도를 3배속으로 올렸다. 키가 큰 아이의 폭력은 점점 심해졌고, 상상할 수 없는 지경에 이르렀다.

안경 쓴 남자아이는 어느새 속옷 차림으로 무릎까지 꿇고 또래 아이들에게 빌고 있었다. 아이들 무리에는 여자아이들도 섞여 있었는데, 남자아이는 수치심에 고개도 들지 못하고 몸을 가리려 애썼다. 그럴 때마다 아이들이 킥킥대며 침을 뱉었다. 곧 아이들은 고개를 든 남자아이가 여자아이의 치마 속을 훔쳐봤다며 바람을 잡았다. 여자아이들도 동조해 속옷 차림의 남자아이의 성기를 가리키며 깔깔거렸다.

결국 아이들은 남자아이의 속옷을 벗겼고, 자위를 시켰다. 남자아이가 거부했지만 아이들은 발길질을 멈추지 않았다. 맞아서 붇고 터져, 표정조차 알아볼 수 없는 남자아이가 자신의 성기를 쥐고 흔드는 것으로 영상은 끝이 났다. 표현 수위 때문에 모자이크로 가려지긴 했지만 지안이 본 어떤 영상보다 끔찍했다.

방송을 이렇게 끝낸다고? 지안은 고구마 백 개를 물 없이 삼킨 것 같은 답답함에 쉽게 채널을 빠져나오지 못했다. 이 영상은 저격도 아니고 뭣도 아니었다. 보통 이런 식의 영상은 목적이 분명했다. 그리고 그 목적을 드러내는 건 만든 사람의 시각이었다. 아무리 고통스러운 학교폭력을 묘사하더라도 목적이 있기 마련이다. 이런 식의 전개라면 결국 통쾌한 복수로 끝을 내거나 아니면 폭력의 당사자가 누구인지 밝혀 높이 떠오른 만큼 더 세게 바닥으로 떨어뜨려야 한다. 그런데 동영상은 어느 쪽도 아니었다. 통쾌한 복수는커녕 아직도 안경 쓴 남자아이는 저들의 폭력에서 빠져나오지 못했을 것 같은 결말이었다. 폭력을 주동한 키가 큰 남자아이나 동조한 아이들의 신상에 대한 어떤 힌트도 영상에는 없었다. 지안은 트렌드를 쫓아가지 못해 영상이 저격한 사람을 모르는가 싶어 구독자들의 댓글까지 꼼꼼히 읽었다. 하지만 그들도 모르긴 마찬가지였다. 구독자들은 안경 쓴 아이에게 감정을 이입해 키가 큰 남자아이의 정체를 찾고 있었다.

지안은 안경을 쓴 남자아이의 얼굴이 머릿속에 가시처럼 박혀 쉽게 지워지지 않았다. 그녀는 채널의 새로운 동영상이 업로드되면 알람이 울리도록 설정하고 구독을 눌렀다. 채널이 저격한 키가 큰 남자아이의 정체에 대해선 궁금하지 않았지만 그가 바닥까지 추락해 고통받는 모습을 두 눈으로 확인하고 싶었다.

지안은 목록을 빠져나와 마스터페이지를 띄웠다. 한 프레임 안에 세 사람의 웃는 얼굴이 클로즈업된 화면에서 녹화는 멈춰 있었다. 마치 행복한 순간을 포착해 찍은 스냅사진 같았다. 아마도 해원이 커피에 탄 물약 때문에 AI는 다음 전개를 예측할 수 없어 이야기를 진전시키지 못한 것 같았다. 지안은 지금까지 녹화된 장면을 보면서 방송으로 내보낼 부분을 표시했다.

지안이 가상키보드에 손가락을 대자 입력창에 커서가 깜빡거렸다. 지안은 '딸아이가 수인의 품으로 파고 든다. 수인이 들고 있던 커피 잔이 흔들려 커피가 침대 시트 위에 쏟아진다.'라고 입력한 뒤 엔터를 쳤다.

수인이 손에 든 커피가 시트 위에 쏟아졌고, 당황한 해원이 커피 잔을 받아서 침대 옆 탁자에 올려놓았다. 커피 잔에는 두어 모금의 커피가 남아 있었다.

"안 데었니?"

"미안해요."

아이가 엄마와 수인을 번갈아 보며 사과했다.

"한 잔 더 가져다줄게요."

딸아이가 미안한 얼굴로 수인을 올려다봤다. 수인은 그런 딸아이의 머리를 쓰다듬었다. 해원이 곧 머그컵을 들고 돌아왔고, 수인이 머그컵을 받아서 탁자에 내려놓았다. 지안은 이쯤에서 침실 장면을 끝내려 했다.

"자, 이제 유치원에 접속해 친구들을 만날 시간이야. 당신은 좀 쉬어요. 머리 아픈데 무리하지 말고요."

지안이 입력창에 해원의 대사를 입력하고 엔터를 치자, 해원이 딸아이의 손을 잡고 침실을 나갔다. 두 사람의 등 뒤로 문이 닫혔다.

AI는 '수인이 침대에서 일어나 출근 준비를 한다.'라는 가이드 문장을 제시했다. 지안은 엔터를 치지 않았고, 수인은 뭘 해야 할지 몰라 침대에 묻은 커피 얼룩을 계속 문질러 닦았다.

지안은 '약 기운에 눈꺼풀이 무겁게 내려온다. 수인은 침대에 누워 잠이 든다.'라고 입력한 뒤 엔터를 쳤다.

수인이 곧 침대에 모로 누워 잠이 들었다.

지안이 '시간 경과'라고 입력하자 창문을 통해 들어오는 햇빛이 바닥을 타고 빠르게 움직였다. 햇빛이 바닥에서 사라지자 곧 창밖으로 붉은 기운이 감돌았다.

지안이 '수인이 눈을 뜬다.'라고 입력하고 엔터를 쳤다. 수인이 잠에서 깼다. 지안은 가상키보드에 손가락을 올린 채 수인의 모습을 지켜봤다.

수인이 상체를 일으켜 앉았다. 그는 머리가 아픈지, 관자놀이를 손가락으로 꾹꾹 눌렀다. 수인의 시선이 커피를 쏟은 얼룩과 커피 잔에 머물렀다. 그는 더는 커피를 마시지 않았다.

지안은 어떤 지문과 대사도 입력하지 않고, 수인을 지켜봤다. 그녀는 수인이 자신의 의지대로 움직이길 기다렸다. 수인이 창밖으로 시선을 옮겼다. 붉은 기운이 짙어졌다. 창밖으로 해가 지고 있는 모양이었다.

마침내 수인이 자신의 의지대로 움직여 탁자에 놓인

가족사진을 집어 들었다. 안경을 쓴 남자와 해원 사이에 아이가 있었다. 모두 어색한 미소를 짓고 있기는 했지만 행복한 표정이었다.

수인은 사진 속 남자를 따라 미소 지었다. 미소라기보다 입술을 일그러뜨리는 것에 가까웠다. 그는 어색한 표정을 지우려 한 손으로 마른세수를 했다. 거칠한 수염이 느껴졌다. 수인은 얼굴을 문지르던 손을 멈췄다. 뒤늦게 가족사진 속의 남자와 다르게 자신이 안경을 쓰고 있지 않다는 걸 깨달았다. 그는 손이 닿는 침대 밑을 더듬거나 탁자 주변을 두리번거리며 안경을 찾았다. 눈길 닿는 어디에도 안경은 없었다.

수인은 거울을 찾아 방 안을 둘러보다 딸려 있는 욕실의 불을 켰다. 욕실에도 거울은 없었다.

"이상하군."

수인이 혼잣말처럼 중얼거렸다. 지안이 살짝 미소를 지었다. 그녀가 심어놓은 복선이었다.

수인은 들고 있던 액자의 각도를 조절해 유리에 비친 자신의 얼굴을 확인했다. 홀쭉한 뺨과 아무렇게나 솟은 수염이 보였다.

"이게 내 얼굴이라고?"

수인이 중얼거렸다. 그는 유리에 비친 자신의 얼굴

과 사진 속 남자의 얼굴이 다르다는 걸 깨달았다.

지안이 카메라를 컨트롤해 사진 속 남자의 얼굴과 액자 유리에 비친 수인의 얼굴을 대칭구도로 잡았다. 수인이 액자를 떨어뜨렸다. 유리가 깨져 조각이 튀었다.

수인은 흐트러진 걸음으로 문을 향해 걸어갔다. 문앞에 멈춰 선 그의 얼굴에 당혹스러운 표정이 번졌다. 카메라가 그의 시선을 따라 움직였다. 문에 있어야 할 손잡이가 없었다. 수인은 문이라고 생각되는 부분을 밀어도 보고 두드리기도 했다. 하지만 문은 열리지 않았다. 그가 손톱으로 문의 직사각형의 흔적을 긁어댔다. 문은 열리지 않았다.

수인은 주먹으로 문을 두드렸다. 문은 꼼짝도 하지 않았고 그가 두드리는 강도는 점점 세졌다. 나중에는 문이 부서져라 발로 찼다. 하지만 둔탁하고 약한 소리가 울리는 게 전부였다. 문 뒤편에선 어떤 소리도 들리지 않았다.

수인은 창문으로 가서 밖을 내다봤다. 아찔한 높이였다. 열이 오르는지 그의 얼굴이 붉어졌다.

수인이 있는 힘껏 달려가 어깨를 문에 부딪쳤다. 쿵, 소리와 함께 그는 바닥에 나뒹굴었다. 충격이 컸는지 바로 일어서지 못했다. 그는 이후에도 몇 번이나 문에 몸을 부딪쳤지만 문은 견고했다.

수인이 방 안을 둘러봤다. 문을 부술 만한 무언가를 찾는 듯했다. 하지만 방 안에서 던질 만한 거라고는 작은 탁자가 전부였다. 그마저도 바닥에 고정돼 힘을 줘도 꿈쩍도 하지 않았다. 수인이 숨을 거칠게 내쉬었다. 그가 발작적으로 문을 향해 달려가 온 힘을 다해 어깨를 부딪쳤다. 수인이 튕겨 나와 바닥을 굴렀다. 그리고 동시에 비명이 터져 나왔다. 그가 한참 만에 일어나 앉아 발바닥에 박힌 액자의 유리 조각을 뽑았다. 상처가 깊어 보였지만 피는 나지 않았다. 플랫폼에선 시청자들이 받는 시각적인 충격을 고려한 때문인지, 아니면 단순히 기술적인 구현의 문제인지 등장인물이 상처를 입어도 피를 흘리지 않았다.

수인은 고통 때문인지 한동안 그대로 앉아 있었다. 지안은 그런 수인을 지켜봤다. 그녀 역시 앞을 예상할 수 없는 전개였다.

띠링, 띠링, 띠링. 채널에 댓글이 달렸다는 알람이 연속으로 울렸다. 지안은 채널의 댓글을 확인했다.

'방송 시작까지 두 시간! 여기가 맛집.'

'오늘은 얼마나 킹받을지 기대, 기대.'

'열받게 하는 새끼를 기다리는데 설레네요.'

최근 방송으로 생긴 충성도가 높은 몇 명의 구독자가 남긴 댓글이었다. 지안은 시간을 확인했다. 댓글대로 방송까진 두 시간 정도 남아 있었다. 지안은 아무리 급해도 예전 같은 포맷으로 돌아가지는 않으리라 마음먹었다. 설사 정해진 시간에 방송을 내보내지 못해 페널티를 받는다 해도 어쩔 수 없다고 그녀는 생각했다.

　보통 채널이 페널티를 받으면 일정 기간 목록에 노출되지 않는다. 빨간 딱지 채널이 하루에도 서너 개는 생겨나고 선정적이고 자극적인 동영상이 셀 수 없이 업로드되는 전쟁터에서 목록에 노출되지 않는다는 건 채널이 폐쇄되는 것과 다르지 않았다. 설사 페널티가 풀리고 다시 목록에 올라간다 해도 수직으로 떨어진 순위 때문에 다시 공감을 얻기는 쉽지 않았다. 결국 채널을 다시 활성화하기 위해서는 강렬한 자극이 필요했고, 그런 식으로 끌어올린 순위는 결국 혐오 지수를 높여 채널을 폐쇄하게 만들었다.

　화면 속에서 수인은 발바닥에서 뽑아낸 유리 조각을 들고 불빛에 비춰봤다. 날카로운 유리 조각의 끝이 칼날처럼 반짝였다. 그는 발바닥의 상처를 벌렸다. 유리 조각의 깊이만큼 살이 벌어졌다. 그의 얼굴이 통증으로 잠시 일그러졌다.

"이렇게 상처가 깊은데 피가 한 방울도 나지 않는 건 이상하잖아?"

수인이 고개를 들어 천장의 사각형 구석을 노려봤다. 겉으로 드러나지는 않았지만 카메라가 있는 위치였다. 지안과 그는 카메라를 사이에 두고 서로를 노려봤다.

"모두 가짜야, 그렇지? 저 가족사진 속 여자와 아이도 가짜고, 여기 이 방도 가짜야. 나도 가짜고. 그러니 내 기억도 가짜겠지."

수인이 눈치챘다. 그는 지금까지처럼 상황인식에 대해선 예민했고, 통증에는 둔감했다. 수인은 자신에 대해 아무것도 기억하지 못했지만 그가 있는 세상이 가짜라는 건 인식했다. 지안은 수인의 반응에 당황했다.

지안의 구상대로라면 수인은 자신의 상황을 잘못 인식해 오해를 하고 파국으로 치달아야만 했다. 그리고 파국 후에 자신이 오해한 진실을 알게 돼 절망 같은 후회를 해야만 했다. 하지만 수인이 자신의 존재에 대해 자각한 이상 그녀가 짜놓은 대로 움직이지 않을 건 분명했다.

지안은 시간을 확인했다. 방송까지는 한 시간도 채 남지 않았다. 처음부터 다시 상황을 만들어 스토리를 짜는 건 불가능했다. 결정을 해야 했다. 페널티에도 불구하고 방송을 미룰 건지, 아니면 수인의 행동에 맞춰 지안 역시 그때그때 임기응변으로 상황을 진전시킬지.

수인이 손에 쥐고 있던 유리 조각으로 자신의 손바닥을 그었다. 돌발적이고 파격적인 행동이었다. 수인은 통증에 대한 반응으로 주먹을 쥐었고, 짧게 신음을 흘렸다. 그가 움켜쥔 주먹을 폈다. 손바닥의 상처가 벌어져도 피가 흐르지는 않았다. 그가 카메라를 향해 손바닥을 펼쳐 보였다. 손금처럼 긴 상처가 보였다.

"내가 눈치챈 이상, 당신 뜻대로 되진 않을 거야."

지안은 어떻게 반응해야 할지 몰라, 키보드 위에 손가락을 얹은 채 그대로 있었다. 수인은 리셋된 기억에도 불구하고 자신의 본래 모습을 드러냈다. 지안은 인간의 정체성이 꼭 기억에만 있는 건 아닌 것 같다는 생각이 들었다.

"아무것도 기억나지 않지만 이 세상이 가짜라는 건 이것으로 증명된 거지. 나를 당신 마음대로 조종하려 들지 마."

수인이 카메라를 보며 높낮이 없는 말투로 내뱉었다. 그는 노골적으로 지안과 맞서고 있었다. 설정이 사라진 원초적인 그가 화면 속에 있었다. 지안은 '조종'

이라는 단어가 걸리긴 했지만 지금의 모습을 구독자들에게 그대로 보여주기로 마음먹었다.

지안은 지금까지 녹화된 부분을 빠르게 편집했다. AI는 지안의 의도를 이해하지 못했지만 그녀가 표시해놓은 부분을 잘라내고 이어 붙여 매끄럽게 만들어줬다.

수인은 가족사진이 들어있는 액자에 남아 있는 유리 조각을 털어낸 뒤 원래 있던 자리에 올려놨다. 그리고 그는 바닥의 유리 조각 중에 가장 큰 조각을 골라 손에 쥐었다. 그가 카메라를 보고 미소를 지었다. 지안은 그의 미소가 섬뜩하게 느껴졌다.

수인은 바닥의 유리 조각을 침대 밑에 밀어 넣고 머그컵에 가득 찬 커피를 화장실 변기에 쏟아 부었다. 그는 머그컵을 탁자 위에 올려놓고는 침대로 돌아가 시트를 덮었다. 유리 조각을 손에 쥔 채였다. 지안은 어렴풋이 그의 의도를 알 것 같았다.

수인이 눈을 감았다. 지안은 지금까지 편집해놓은 동영상을 업로드했다. 그녀는 구독자들이 편집된 동영상을 끝까지 볼 때쯤 지금의 영상을 편집 없이 라이브로 송출할 계획이었다.

수인이 시트 속에서 미세하게 움직였다. 잠든 척, 그는 침실 문이 열리길 기다리고 있었다.

구독자들이 동영상을 보고 있는 숫자가 가파르게 올라갔다. 지안은 '시간 5배속'이라고 입력했다. 화면 속 수인의 시간은 실제보다 다섯 배 빨리 흘러갔다. 빠른 배속 때문에 그가 아직 깨어 있는지, 아니면 잠들었는지 알 수 없었다. 창밖의 어둠이 짙어지다 다시 어슴푸레 밝아지기 시작했다.

이제 곧 편집해서 송출한 동영상이 끝날 시간이었다. 지안은 편집된 동영상이 끝나면 실시간 라이브 방송으로 이어지도록 조정했다.

띠링, 띠링, 띠링. 연속으로 알람이 울렸다.

'대박, 실시간이야!'

'설정이라는 걸 들킨 거야? 흥미진진!'

'방송사고 아냐?'

'그럼, 저 남잔 액자 속 안경 낀 남자의 가족들이랑 사는 거야? 미스터리 폭발.'

'오, 운영자와 전세 역전인가? 과연 운영자가 수습할 수 있을까?'

'살 떨려.'

몇 명의 구독자들이 편집된 동영상의 시청을 끝내고 실시간 라이브 방송으로 넘어와 수인을 지켜보고 있었다. 알람이 계속해서 울렸다. 시청자들은 이 동영상의 끝을 운영자도 모른다는 점 때문에 더 흥미롭게 지켜보는 것 같았다.

띠링, 띠링, 띠링.

'설마, 세계관 망가져서 저대로 계속 재우는 건 아니겠죠?'

'자는 거 아닐 듯. 아까 유리 조각 가지고 침대에 눕는 거 봄.'

'계속 자면 내가 깨우러 감.'

'운영자가 어떻게 수습할지. 불안불안.'

화면 속 침실의 창문이 환하게 밝아왔다. 지안은 시간의 배속을 늦춰 실제 시간으로 맞췄다. 이제 곧 해원과 딸이 어제와 마찬가지로 방문을 열고 들어올 시간이었다. 수인이 눈을 떴다 다시 감았다. 침대 시트 속에서 그의 손이 움직였다. 지안은 방문 밖의 상황을 보여주지 않는 걸로 시청자들의 긴장감을 고조시켰다.

문이 열렸다. 열린 문틈으로 어제와 같이 딸아이가 고개를 내밀었다. 알람이 끊임없이 울렸다. 지안은 스크롤을 내려 댓글을 훑어봤다. 댓글은 몇 명의 사람들이 동영상의 진행에 따라 서로 대화하듯 반응하고 있었다.

'안 돼! 아이야, 들어오지 마.'라거나 '사실, 약 먹이고 손잡이도 없는 방에 가둔 건 너무했음.'이라는 식의 의견이 오고 갔다. 지안은 팬티를 갈아입고 오겠다는 구독자의 댓글에 피식 웃었다.

수인이 일어나 앉아 아이에게 들어오라고 손짓을 했다. 그의 손짓이 섬뜩했다. 아이는 수인의 태도가 미묘하게 달라졌다는 걸 느꼈는지 웃지도, 뛰어 들어와 장난을 치지도 않았다. AI는 드러내지는 않았지만 수인의 태도 변화에 맞춰 아이의 움직임을 조정했다.

계속 알람이 울렸다. 지안은 미처 댓글을 확인하지도 못하고 시청자처럼 화면을 지켜봤다. 여자아이가 침대 주변을 맴돌았다. 그가 아이를 향해 손을 뻗으려는 순간, 어제와 같이 해원이 커피 잔을 들고 방 안으로 들어왔다. 그녀 역시 수인의 태도에서 뭔가 석연치 않음을 느꼈는지 어제와는 달리 침실의 문을 닫았다. AI가 상황을 종합해 해원의 태도를 결정한 듯했다.

AI가 해원의 대사의 가이드 문장을 만들었고, 지안은 바로 승인했다.

"오늘은 기분이 어때요? 머리가 아프진 않아요?"

수인이 대답 대신 어색한 미소를 지었다.

"커피 줄까요?"

해원은 어색한 느낌을 지우며 수인에게 물었다.

"나중에 마실게요."

해원은 커피 잔을 탁자 위에 올려놨다. 지안이 따로 지시문을 입력하지 않아도 AI는 제 몫을 다했다. 해원이 탁자 위에 비어 있는 머그컵을 보고 살짝 미소를 지었다. 수인이 그녀의 미소를 보았다.

띠링, 결정적인 순간에 알람과 함께 모니터 한쪽 구석에 메시지가 떴다. '나는 네가 한 짓을 알고 있다.'는 채널에 새로운 동영상이 업로드됐다는 알림이었다. 지안은 안경을 쓴 아이의 얼굴이 생각났다. 하지만 생방송 중에 다른 채널에 가서 동영상을 확인할 여유는 없었다. 그녀는 호기심을 누르며 알림을 지웠다.

비어 있는 머그컵과 커피 잔을 챙기다 해원의 시선이 액자에 머물렀다. 지안은 액자의 유리가 없다는 걸 해원이 알아챌지 조바심이 났다. 시트 속에서 수인의 한쪽 손이 느리게 움직였다.

지안은 '해원이 액자의 반사되는 빛을 보고 유리가 없다는 걸 깨닫는다.'라는 지문을 입력한 채 기다렸다. 해원이 알아채지 못하면 바로 엔터를 칠 생각이었다. 해원의 반응이 어색해지긴 하겠지만 다음 전개를 위해서는 그녀가 반드시 알아야 했다.

해원이 컵을 챙기며 슬쩍 액자를 건드렸다. 다행히

그녀는 유리가 없다는 걸 눈치챘다. 해원의 얼굴이 굳어졌다. 지안은 입력해 놓은 지문을 빠르게 지웠다.

해원의 시선이 액자에 머문 그리 길지 않은 시간, 수인이 아이를 안아 올려 침대 위 자신의 앞에 앉혔다.

"오늘은 공주님 기분이 안 좋아 보이는데, 무슨 일 있니?"

아이가 살짝 겁먹은 표정으로 고개를 저었다. 해원이 수인의 눈치를 살폈다.

지안이 빠르게 해원의 다음 대사를 입력하고 엔터를 쳤다.

"커피를 마시지 않았군요?"

수인이 침대의 시트를 살짝 걷어 깨진 유리 조각을 보여주고는 다시 시트로 가렸다. 해원의 손이 눈에 띄게 떨렸다. 키보드 위에 있던 지안의 손 역시 떨렸다.

채널의 공감 지수가 상승곡선을 그리며 빠르게 올라갔다. 하지만 그녀가 원한 전개는 아니었다. 수인은 자신을 조정하는 누군가의 시나리오대로 움직이지 않기로 작정한 것 같았다.

"커피를 마시지 않아서 그런지 오늘은 머리가 아프지 않네요. 어제와는 다르게 멍한 것도 없이 맑아요."

수인은 일부러 연기하는 티를 내며 빈정거렸다. AI

는 상황을 따라가지 못해 가이드 문장조차 제시하지 못했다. 지안은 떨리는 손으로 해원의 대사를 입력했다.

"오해하지 말아요."

"뭘요? 약에 취해 하루 종일 잠들어 있는 거요? 아니면 손잡이 없는 침실에 갇힌 거요? 그것도 아니면 가족사진에 있는 나와 다른 얼굴의 남자 얘기를 하는 건가요?"

수인이 또 빈정거렸다. 그는 현실이 아닌 가짜의 삶을 빨리 끝내고자 하는 것 같았다. 화면 속 해원은 당황한 표정이었다.

"당신은 아픈 거예요. 지금이라도 커피를 마셔요. 아니, 약을 먹어요. 처음이라 졸린 거예요. 약을 먹으면 방문은 열릴 거고, 가족사진의 남자 얼굴도 당신 얼굴로 보일 거예요."

"당신도 이 모든 게 가짜라는 걸 알 텐데요."

수인의 말투가 거칠어졌다. 그는 지안이 짜놓은 파국과는 다른 파국으로 치닫고 있었다. 그녀는 수인이 이런 식으로 방송을 끝내게 둘 수 없었다. 지안이 다급하게 해원의 대사를 입력했다.

"오해에요. 당신은 인정하지 않지만 머릿속이 아픈 거예요."

"난 아프지 않아요. 바보같이 속았을 뿐이지."

지안의 생각보다 타이핑하는 손가락이 더 빠르게 움직여 해원의 대사를 입력했다.

"주치의 선생님을 부를게요."

"그래, 당신이 모를 수도 있죠. 하지만 난 당신을 믿지 않아. 침실 문을 열어요. 그러면 알게 되겠지."

지안은 마치 해원이라도 된 것처럼 완전히 몰입하고 있었다. 손가락이 살아 있는 생명체처럼 움직여 해원의 대사를 만들어냈다.

"당신의 문은 당신 스스로 열어야 해요. 도와줄 수는 있어도 열어주지는 못해요."

수인은 아무것도 들리지 않은 사람처럼 화면 밖 지안을 노려봤다.

"저, 아파요."

아이가 수인에게 칭얼거렸다. 수인이 흥분해 아이의 팔목을 세게 잡고 있었던 모양이었다. 수인이 아이의 팔목을 잡은 손에 힘을 뺐다.

"계속 속이면 나도 내가 무슨 짓을 할지 몰라요. 어차피 여긴 다 가짜니까, 내가 무슨 짓을 해도 허상인 거죠."

수인은 흥분과 절망이 뒤섞인 상태에서 극단적으로

사고하고 있었다. 수인이 유리 조각을 움켜쥔 손을 시트 밖으로 꺼냈다.

어떤 말로도 그를 설득할 수 없었다. 지안이 한 글자씩 또박또박 타이핑을 했다.

"그럼 가짜가, 진짜가, 될, 거예요."

해원 역시 또박또박 힘들게 말을 했다. 그녀의 눈에서 흐른 눈물이 뺨을 타고 턱 끝에서 떨어졌다. 영문도 모르는 딸아이도 해원을 따라 훌쩍거리며 울기 시작했다.

띠링, 띠띠, 띠띠띠띠, 띠띠띠띠띠……. 갑자기 알람이 지연돼 울릴 정도로 댓글이 쏟아졌다. 처음 있는 일이었다. 지안은 댓글 창을 확인했다. 댓글의 내용이 지금까지와는 달랐다. 지안은 다른 채널의 댓글 창에 잘못 들어온 줄 알고 채널명을 다시 확인했다. 분명 그녀의 채널이었다.

'진짜 아픈 거였어!'

'개불쌍. 학교폭력에 시달린 트라우마 때문에 폭주한 거임.'

'헐, 학교폭력 피해자의 현재 상황.'

'죄는 미워해도 인간은 미워할 수 없는 예시.'

'사회가 지켜주지 못한 피해자에게 모든 책임을 묻

는 건 가혹함.'

　댓글을 읽는 도중에도 끊임없이 댓글이 달렸다. 그녀가 방송 중인 내용과는 맞지 않는 댓글들이었다. 거기에 더해 혐오 지수가 미친 듯이 올라갔다. 그녀는 당황해서 댓글 창을 폐쇄하고 싶을 정도였다.

　'흰 딱지 채널에서 여기 좌표 찍힘.'

　'흰 딱지 채널에서 여기 좌표 찍힘.'

　지안의 채널 구독자가 연달아 같은 댓글을 달았다. 순식간에 쌓이는 댓글 때문에 금방 뒤로 밀렸지만 연달아 올린 덕에 지안이 읽을 수 있었다.

　댓글이 쌓이는 중간, 다른 채널의 URL이 달렸다. 아마도 좌표를 찍은 채널인 듯했다. URL은 댓글이 쌓여 목록의 페이지가 넘어가면 다시 달렸다.

　지안이 URL을 클릭했다. 새로 페이지가 열리며 흰 딱지 채널이 떴다. 채널명이 '나는 네가 한 짓을 알고 있다'였다. 그녀가 구독과 알람 설정을 해놓은 바로 그 채널이었다.

　지안은 새롭게 업로드된 동영상을 찾았다. 동영상의 주인공은 자신의 성기를 쥐고 흔들던 안경 쓴 남자아이였다. 잠깐 봤지만 여전히 남자아이는 뒤통수를 맞았고, 바닥을 기었고 여자아이들은 깔깔댔다.

이종관

지안은 영상 아래 댓글 창으로 스크롤을 내렸다. 지안의 채널에 대해 좌표를 찍은 댓글은 찾을 필요도 없이 상단에 고정돼 있었다. 동영상 속 학폭의 피해자가 지안의 채널 주인공이라는 내용의 댓글이었다. 해당 댓글의 대댓글로는 지안의 채널 URL이 친절하게 남겨져 있었다.

지안은 비로소 상황을 이해할 수 있었다. 맙소사, 동영상 속 키가 큰 남자아이에게 일방적으로 당하던 피해자가 수인이었다니. 흰 딱지 채널의 구독자가 수인을 돕기 위해 나선 정황이었다. 채널은 이미 노란 딱지 채널 순위까지 올라간 상태였다. 학교폭력 피해자에게 공감하는 구독자들의 수만큼 지안의 채널에 대한 혐오 지표가 치솟았다. 이대로 가면 지안의 채널이 폐쇄되는 것도 시간문제였다.

지안은 뭘 해야 할지 모른 채 멍하니 있었다. 화면 속에서는 수인이 여전히 유리 조각을 움켜쥐고 있었고, 해원은 그런 그를 지켜보고 있었다. 혐오 지수가 이렇게 올라가는 상황이라면 수인이 유리 조각을 휘둘러 해원을 찌른다고 해도 공감 지수 보다는 혐오 지수가 올라갈 터였다.

혐오 지수가 치솟아 채널이 폐쇄되면 수인, 아니, 김

태민은 치료감호처분을 받게 될 것이다. 지안도 교정당국이 제안한 메타프리즌에 참여할 때 동의한 내용이었다. 하지만 이런 식은 아니었다. 과도한 사적 복수로 혐오 지수가 치솟은 게 아니라 학교폭력의 피해자로 사람들의 동정을 사 혐오 지수를 높이다니, 지안은 억울했다.

김태민이 치료감호처분을 받게 되면 놈은 병원에 입원한 채 대폭 줄어든 형기를 편안하게 채우게 된다. 지안은 입안이 바싹 말랐다. 메타프리즌에 참여한 게 잘못된 결정이었을까?

메타프리즌은 일종의 메타버스로 구현된 교도소였다. 교도소에 수감된 범죄자가 증강현실 접속기로 메타프리즌에 접속하면 접속 시간만큼 감형받았다. 재소자의 입장에서는 형기를 빨리 끝낼 수 있으니 이득이었고, 교정당국 입장에서는 교도소 유지에 비용을 절감할 수 있어 선호하는 제도였다. 하지만 다수의 피해자 입장에서 보면 범죄자의 형기가 짧아지는 메타프리즌을 반길 리 없었다. 그래서 채널을 만들어졌다. 메타프리즌의 핵심은 이 채널에 있었다. 채널에서는 피해자가 범죄자에게 사적인 보복을 할 수 있도록 허용했고, 이를 방송으로 송출할 수 있게 했다. 교정당국에서는 이 채널이 범죄예방 효과와 재범 방지에 탁월한 효과를 보인다는 연구 결과를 바탕으로 대상을 전체 범죄자로 확대했다.

물론 사적 복수의 허용범위는 교정당국에 의해 채널별로 제한됐다. 빨간 표지는 누군가를 살해한 자들이 접속하는 채널로, 사적 복수에 대해 어떤 제한도 두지 않았다. 노란 표지는 유명인들이나 사회적으로 문제가 된 강력사건 피의자들이 접속하는 채널로, 폭력적인 복수가 가능했다. 파란 표지는 약물사범으로 투약 금지 정도의 복수를 할 수 있었다. 흰색 표지는 잡범들로 피해자의 피해 정도에 따라 사적 복수의 수위도 조정됐다.

채널이 만들어지면서 범죄자들에 대한 안전장치도 마련됐다. 채널 구독자들은 피해자가 범죄자에게 가하는 사적인 보복의 정도가 심하다고 생각하면 혐오를, 피해자의 고통에 공감하면 공감을 표시하는 걸로 의견을 표시했다. 어떻게 보면 참여재판의 배심원들과 통하는 면이 있었다.

혐오 지수가 높아져 채널이 폐쇄되면 피해자의 사적 보복이 도를 넘었다는 뜻이 되고, 범죄자는 대폭 줄어든 형기를 마치거나 정신적 충격에 의한 치료감호를 받을 수 있었다.

지안도 처음 메타프리즌의 채널에 접속해서는 머릿속에 떠오른 모든 복수를 했다. 사랑스러운 아이를 해친 손가락을 잘랐고, 아이의 알몸을 본 김태민의 눈알을 찔렀다. 아이를 협박한 혓바닥을 뽑았고, 놈의 성기를 잘랐다. 하지만 놈의 고통은 짧게 끝났고, 지안의 고통은 더 심해졌다. 놈은 하루가 지나면 멀쩡한 모습으로 다시 나타나 지안이 가할 사적 복수를 기다렸다. 그러는 동안 그는 점점 고통에 둔감해졌고, 혐오 지수는 수직으로 치솟아 오히려 놈의 형기를 빠르게 줄였다. 그래서 지안은 방법을 바꿨다. 김태민의 얼굴을 바꿨고, 이름을 바꿨고, 입력방식을 바꿨다. 그녀는 비로소 김태민에게 벗어나 놈을 객관화시킬 수 있었고, 고통을 주면서도 공감 지수를 높이는 방법을 찾을 수 있었다. 구독자들은 서사가 있는 사연에 약했고, 육체적 고통보다 심리적 고통에 관대했다. 서사를 쌓아 놈의 본성이 드러나도록 유도하자 채널의 구독자도 늘었고, 공감 지수도 늘어났다.

지금 지안의 채널 지표를 보면 그동안의 노력이 수포로 돌아가고 있었다. 지안의 채널은 흰 딱지 채널에서 좌표를 찍고 넘어온 사람들에게 점령당해 폐쇄 위기에 몰리고 있었다. 학교폭력의 피해자라는 것과 또래에게 성적인 학대를 당했다는 것에 대한 구독자들의 일차원적 동정이 열세 살 아이를 강간하고 살해한 놈의 죄를 사하고 있었다. 지안으로서는 속수무책이었다.

지안이 가상키보드의 자판 위에 손가락을 얹었다. 손가락이 덜덜 떨렸다.

지안은 이렇게 된 이상 해원의 입을 통해서라도 채널이 폐쇄될 때까지 김태민의 편을 들어주고 있는 구독자들과 맞설 생각이었다. 그들은 선한 사람들이었지만 지안에게는 김태민의 편에 서 있는 사람일 뿐이었다.

댓글을 달고 혐오를 누르는 구독자들의 주목을 끌기 위해서라면 지안은 수인을 조각내거나 해원을 조각낼 수도 있을 것 같았다. 더 이상 수인이 들고 있는 날카로운 유리 조각 따위는 지안을 위협할 도구가 되지 못했다. 그녀가 어떻게 시작할지 망설이는 동안, AI가 '내가 잘못했어요. 아이를 다치게 하지 말아요.'라는 가이드 문장을 제시했다.

"미친, AI."

지안은 가이드 문장을 지우고 입력창에 '피해자인 척하지 마. 넌 여자아이를 강간하고 살해한 쓰레기일 뿐이니까'라고 입력했다. 이제 스토리의 개연성 따위는 문제가 아니었다. 그녀가 막 엔터를 누르려는 순간, 누군가가 같은 댓글을 연달아 올렸다.

'주작, 로펌 개입.'

지안의 입에서 욕설이 튀어나왔다. 지안은 혐오 지표를 높여 채널을 폐쇄하게 만든 뒤 피의자의 치료감호를 요구하거나 정신적 피해로 인한 가석방을 요구하는 로펌이 활동한다는 이야기를 들은 기억이 났다.

생각해보니 흰 딱지 채널에 업데이트된 김태민의 동영상도 저의가 의심스러웠다. 다른 피해자가 올린 학폭 동영상과 김태민이 피해자로 올라온 동영상은 결이 달랐다. 김태민은 자신이 당한 폭력만 되풀이해서 보여줄 뿐 가해자인 키가 큰 아이에게 복수를 하지도, 정체를 밝히지도 않았다. 애초에 동영상을 올린 목적이 달랐던 게 분명했다.

지안은 '주작, 로펌 개입.'이라는 댓글을 댓글 창 상단에 고정했다. 미친 듯이 올라가던 혐오 지수의 속도가 서서히 포물선을 그리며 꺾였다.

'로펌에 놀아남.'

'주의! 즉흥적인 동정심 때문에 쓰레기가 풀려나 당신 곁으로 갈 수 있음.'

지안의 채널 구독자들이 목소리를 내기 시작했다.

일방적으로 김태민이 불쌍하다고 달리던 댓글의 속도가 눈에 띄게 느려졌다. 하지만 그렇다고 공감 지수가 눈에 띄게 올라가지는 않았다. 혐오를 표시하고 지안의 채널을 떠난 사람들은 로펌에 놀아난 사실을 모르기 때문이었다. 빨리 눈치를 채고 대처를 했으면 어떻게든 채널을 살릴 수 있었을 텐데, 지안은 자신의 어리석음을 자책했다.

지안은 '피해자인 척하지 마. 넌 여자아이를 강간하고 살해한 쓰레기일 뿐이니까'라고 입력한 해원의 대사를 모두 지웠다. 이런 식으로 끝내서는 안 된다. 지안은 지금까지 자신의 채널을 지켜보고, 자신을 지켜준 구독자들에게 마지막까지 최선을 다하고 싶었다. 지안은 놈이 아프길, 유리 조각으로 살갗이 베이는 것보다 훨씬 큰 고통이 있다는 걸 알기를 바랐다.

지안이 한참 만에 해원의 대사를 입력하고 엔터를 쳤다.

"결국 당신은 진짜든 가짜든 같은 사람이에요."

수인은 해원이 아니라 카메라를 쳐다봤다.

"벌은 이걸로 끝내겠어. 유치하게 이런 식으로 사람 속이지 마. 차라리 손가락을 잘라!"

수인은 노골적으로 스토리에 개입해 지안이 애써 만

들어 놓은 개연성을 망치려 했다. 지안이 뭐라고 입력하기도 전에 그가 아이의 손목을 유리 조각으로 그었다. 해원이 유리 조각을 맨손으로 움켜잡았다. 너무 세게 쥐어서 뼈가 드러날 정도였다. 그 바람에 유리 조각도 부러졌다. 아이는 손목을 움켜쥔 채 해원의 뒤로 숨었다. 수인이 남은 유리 조각으로 해원의 목을 그었다. 피가 흐르지 않아서인지 심각한 느낌은 들지 않았다. 해원이 주춤주춤 뒤로 물러나 아이를 안았다.

"난 그저 이 뭣 같은 상황을 빨리 끝내고 싶을 뿐이야."

수인이 해원을 보며 울 것 같은 미소를 지었다.

"거짓이라도 잠깐 동안 행복한 순간이 있었어. 그게 나를 조종한 사람의 의도겠지만. 당신과 아이한테는 미안해요."

수인이 자신의 목을 유리 조각으로 깊게 찔렀다. 수인이 침대 위로 쓰러졌다.

지안이 손가락을 빠르게 움직여 문장을 입력했다.

'수인의 머릿속에 해원과 아이와 함께 뒹굴던 어제의 즐거운 모습이 지나간다. 해원이 짧게 입맞춤한 모습도. 그는 사진 속 남자의 얼굴이 자신의 젊은 시절이었다는 걸 깨닫는다.'

억지스러웠지만 수인은 그녀가 정해놓은 결말에 도달했다. 수인이 숨을 몰아쉬었다. 고통으로 일그러진 표정이었다.

"당신이 끝낸 거예요. 그 행복."

해원이 눈을 감았다. 그녀의 품에 천사 같은 아이가 안겨 있었다.

지안은 방송을 종료했다. 혐오 지수가 더 늘어나지는 않았지만 지금까지 쌓인 숫자만으로도 채널이 폐쇄될 정도로 높았다.

수인이, 아니, 김태민이 아팠을까, 지안은 생각했다. 스스로 목을 찌르는 것보다 더 아팠을까 궁금했다. 살이 찢어지고 뼈가 부러지는 고통보다 수천, 수만 배 더 아팠길 그녀는 바랐다.

띠링, 띠링, 띠링. 몇 개의 댓글이 달렸다.

'쓰레기네. 메타프리즌에서도 아이를 죽였어. 사회로 돌아오면 또 그럴 듯.'

'카메라 쳐다볼 때 나 보는 줄 알고 완전 소름.'

'채널이 폐쇄될지도. 님도 잊고, 편해지시길.'

'로펌 극혐, 조작질도 적당히 해라.'

공감 지수가 올라가기는 했지만 여전히 혐오 지수와의 차이는 어떻게 해볼 수 없을 정도로 크게 벌어져 있었다.

"난 잊고 싶지 않아요. 편해지고 싶지도 않고요. 설사 당신들이 김태민을 용서한다 해도 난 용서하지 않아요."

댓글을 쓴 사람은 듣지 못하는 말을 지안은 혼자 중얼거렸다. 그녀는 의자에서 일어났다. 세상이 비틀리듯 일렁거렸다. 오랫동안 앉아 있어서인지, 아무것도 먹지 않아서인지, 채널이 폐쇄될지도 모른다는 절망감 때문인지, 아니면 그 모든 이유 때문인지 사물과 공간이 빙빙 돌았다.

그녀는 간신히 책상 모서리를 잡고 버텼다. 주저앉기라도 하면 다시 일어설 수 없을 것만 같았다. 등과 이마에 땀이 뱄다.

빠르게 회전하던 방이 조금씩 느려졌다. 갑자기 자전을 멈춘 지구 위에 서 있는 사람처럼 발이 바닥에 닿지 않는 느낌이었다. 지안은 허공을 걸어서 욕실로 갔다.

샤워기에서 쏟아지는 차가운 물줄기에 지안은 정신이 조금 들었다. 발이 땅에 닿기 시작했다. 로펌을 고용하면 혐오 지수를 낮출 수 있을까? 내게 그럴 만한 돈과 시간이 남아 있을까? 아무리 차가운 물을 맞아도 답을 알 수는 없었다. 한기 때문인지 몸이 떨렸다.

* * *

눈을 떴다. 이수인처럼 침대에 누운 채였다. 하지만 동영상처럼 빼꼼히 방문이 열리지도 아이가 고개를 내밀지도 않았다. 아무 일도 일어나지 않았다. 지안에게도 그런 때가 있었다. 헝클어진 머리로 눈도 제대로 뜨지 못하고 그녀의 품을 파고들던 아이가 있었다.

지안은 다시 눈을 감았다. 일어나기 싫었다. 손가락 하나 움직이고 싶지 않았다.

김태민은 자신의 짧은 행복을 스스로 망쳤다는 걸 알까? 자신이 망친 그 짧은 행복이 삶에서 유일한 순간이었다는 걸 알까? 지안은 그가 고통스러웠기를 바랐다. 그래서 그가 자신의 짧은 쾌락을 위해서 망친 게 누군가의 아주 길고 긴 시간이라는 걸 알았으면 했다.

지안은 무기력했다. 침대에서 일어나는 일조차 의지가 필요했다. 그녀는 몸을 옆으로 굴려 침대 밖으로 다리를 내밀었다. 곧 하체가 침대 밖으로 떨어졌다. 그럼에도 지안이 일어서는 데는 꽤 오랜 시간이 걸렸다.

지안은 망친 시험의 결과를 확인하는 심정으로 메타프리즌에 접속했다. 만약 채널이 폐쇄됐다면 접속과 동시에 교정당국으로부터 온 메시지가 뜰 것이다. 그녀가 접속하자 바로 메시지가 떴다. 얼굴의 핏기가 가셨다. 다행히 발신자는 교정당국이 아니라 생존자들이라는 모르는 아이디였다. 지안은 읽어보지 않고 바로 창을 닫았다. 감상에 젖은 구독자거나, 협찬으로 피해자 상담을 해주겠다는 상담사, 또는 공감 지수를 올려주겠다는 사기꾼이 보낸 스팸일 것이다.

지안은 채널의 마스터 페이지를 열었다. 그리고 채널에 대한 공감 지표와 혐오 지표를 확인했다. 두 지표의 차이는 지안이 접속을 종료했을 때보다 훨씬 더 크게 벌어져 있었다. 채널이 폐쇄될 거라는 걸 지표가 시각적으로 나타내고 있었다. 혹시 목록에서 이미 지워진 건 아닐까? 그녀는 마지막 방송은 할 수 있을지 궁금했다.

"어, 공감 지표와 혐오 지표의 색깔이 언제부터 바뀌었지? 공감 지표는 파란색, 혐오 지표는 빨간색인데?"

지안은 눈을 의심했다. 파란색 공감 지표의 숫자가 빨간색 혐오 지표의 숫자를 크게 앞서 있었다. 어제의 암울한 상황 때문에 공감 지표와 혐오 지표의 색깔이 바뀐 줄 착각했던 거였다. 지안이 보고 있는 순간에도 공감 지수를 나타내는 파란색 숫자들이 빠르게 올라갔다.

지안은 창을 닫았다. 다른 채널에 잘못 들어온 것이리라. 그녀는 잠깐이라도 기분 좋은 꿈을 꾼 거라 생각했다. 그녀는 다시 마스터 페이지를 열었다.

　공감 지표 파란색, 혐오 지표 빨간색. 분명 색깔이 바뀌지도, 다른 채널의 마스터 페이지도 아니었다. 하지만 여전히 숫자는 비현실적이었다. 파란색 공감 지표를 나타내는 숫자의 자릿수는 그녀가 지금까지 한 번도 받아 본 적이 없는 수였다. 일, 십, 백, 천, 만, 십만, 백만, 천만, 억. 3억 4천 658개의 공감 지수를 얻었다. 지안은 그녀가 잠들어 있던 사이에 무슨 일이 벌어진 건지 얼떨떨했다.

　지안은 마스터 페이지를 닫고, 채널의 댓글 창을 열었다.

　'생존자들에서 순례 왔음.'

　'정주행 완료! 최고의 채널.'

　'회개 방문.'

　'가장 세련된 복수, 또 보고 싶어요.'

　'생존자들에서 순례 왔음.'

　'생존자들에서 순례 왔음.'

　'로펌에 놀아날 뻔, 혐오 취소하고 공감 눌렀습니다. 잘 봤습니다.'

구독과 공감을 눌러주세요

'생존자들에서 순례 왔음.'

'기억 유지하는 조건으로 저 남자 다시 보고 싶음.'

'회개 방문, 혐오 지옥, 공감 천국.'

댓글은 끝도 없이 이어졌고, 수없이 페이지가 생성돼 있었다. '생존자들에서 순례 왔음'과 '회개 방문'이 댓글 목록의 대부분을 채우고 있었다.

지안은 생존자들은 뭐고, 회개 방문은 뭔지, 댓글만 보고서는 알 수 없었다. 그녀는 접속하자마자 받은 메시지의 아이디가 생존자들이라는 걸 기억해냈다. 그녀는 메시지 창을 열고 '생존자가 다른 생존자에게 보냅니다.'라는 제목의 메시지를 클릭했다.

압도적인 혐오 지표로 목록의 첫 번째에 있던 '생존자들' 채널의 운영자 중 한 명이 보낸 메시지였다. 생존자는 가족이 살해되는 범죄현장에서 살아남은 사람이라는 뜻이기도 했고, 가족이 살해당한 뒤 극단적 선택을 하지 않은 사람이라는 의미이기도 했다. 그런 의미에서 지안 역시 생존자였다.

생존자들의 운영자는 로펌의 개입으로 자신이 구독하는 채널이 폐쇄될 위기라며 도와달라는 메시지를 받았다고 했다. 그는 로펌이 개입해 혐오 지수를 의도적으로 높인 걸 확인하고 자신의 구독자들에게 지안의 채널을 도와달라고 부탁했다고 한다.

지안은 비로소 '생존자들에서 순례 왔음'의 의미를 이해할 수 있었다. 울컥, 속에서 뜨거운 무엇이 올라왔다. 사막 같았던 지안의 가슴 어딘가에 균열이 생기며 물기가 스며 나왔다.

마지막으로 '생존자들'의 운영자는 지안의 채널을 도와달라고 구독자들에게 부탁한 덕분에 처음으로 압도적인 공감 지수를 받았다고 했다. 그는 지안의 고통에 공감한다면서 고맙다는 인사를 남겼다.

'회개 방문'은 '나는 네가 한 짓을 알고 있다.'의 구독자들이었다. 그들은 좌표로 찍힌 지안의 채널에 몰려와 혐오를 표시했던 사람들로, 로펌의 개입에 놀라난 걸 알고 재방문했다. 그들은 회개 방문이라는 이름으로 혐오를 취소하고 공감을 표시해줬다. 이들의 재방문에도 지안의 채널 구독자들의 역할이 있었다는 건 말할 필요도 없었다.

지안은 채널의 공지사항에 '모두 고맙습니다.'라고 입력했다. 지안은 댓글 창을 보며 오랜만에 누군가와 함께 있다는 느낌이 들었다. 그들은 더 이상 구경꾼이 아니었다. 그들은 지안을 위로해줬고, 공감해줬고 같이 싸워줬다.

지안은 새로운 에피소드를 시작하기 위해 김태민의 상태 창을 열었다. 그녀는 기억항목을 열어 어제와 마찬가지로 기억리셋에 체크했다.

'S#1. 모던한 느낌의 침실, 침대 옆 탁자에 가족사진이 들어있는 액자와 안경이 있다. 액자의 유리는 없다. 손잡이 없는 문 앞에 해원과 아이가 죽어있다. 해원의 목에 난 상처와 아이의 손목에 난 깊은 상처가 보인다. 피가 튀지 않아 끔찍한 느낌은 없다. 아침. 김태민이 눈을 뜬다.'

지안이 입력을 마치고 엔터를 쳤다. 해원과 아이라고 이름을 지정한 탓에 AI는 어제 등장시켰던 두 사람의 데이터를 그대로 가지고 왔다.

김태민이 침대에서 눈을 떴다. 그는 어떤 긴장감도 없는 표정으로 일어나 방 안을 둘러보았다. 시선이 해원과 아이에게 멈추는 순간, 그의 눈이 가늘어졌다. 김태민은 불안한 표정으로 탁자 위를 더듬어 안경을 찾아 쓰더니 뛰어 오르듯 두 사람에게 달려갔다. 그의 눈에 해원의 목과 아이의 팔목에 있는 상처가 똑똑히 보였다.

"이봐요, 괜찮아요?"

지안이 아무것도 입력하지 않아도 김태민은 상황에

맞는 대사를 했다.

김태민이 해원을 흔들었다. 딸을 안고 있던 그녀의 팔이 힘없이 바닥으로 툭, 떨어졌다.

지안이 '김태민이 자신의 손을 본다. 그의 손은 깨끗하다.'라고 입력한 뒤 바로 엔터를 쳤다. 김태민은 혼이 나간 사람처럼 자신의 손을 확인했다. 그리고 그는 다소 안도하는 표정을 지었다.

김태민이 탁자 위에 놓인 가족사진을 발견하고 집어들었다. 그는 가족사진과 해원의 얼굴을 번갈아 쳐다보았다. 김태민은 혼란과 절망에 빠진 얼굴로 무너지듯 주저앉았다. 그가 자신 머리카락을 움켜쥐었다. 김태민은 두 사람을 자신이 살해한 건지, 아니면 누군가가 침입해 살해했는지 필사적으로 기억해내려 애쓰고 있었다. 지안이 살짝 웃었다.

"넌, 매일 아침 눈을 뜰 때마다 하루가 얼마나 고통스러운지 알게 될 거야. 나처럼."

지안은 녹화를 켜둔 채 채널 목록으로 빠져나왔다. 목록의 맨 윗줄은 이미 다른 채널이 점유하고 있었다. 빨간 딱지 채널 어디에도 '생존자들'이라는 제목은 없었다. 높은 혐오 지수 때문에 폐쇄된 모양이었다. 지안은 운영자들이 채널의 제목처럼 앞으로도 생존해있길 바랐다. 그녀는 목록을 빠르게 넘겨 '나는 네가 한 짓을 알고 있다'를 찾았다. 혐오 지수가 치솟았음에도 아직 폐쇄되지 않은 채 남아 있었다. 아마도 김태민을 제외한 다른 피해자들 때문인 것 같았다.

지안은 업로드될 다음 동영상에선 김태민이 키가 큰 남자아이의 폭력에서 벗어났기를 바랐다. 그녀는 그 시절의 김태민에게 '공감'을 눌렀다.

작가의 말

꽤 오랫동안 범죄수사 전문잡지를 만들었다. 매달 살인과 강도, 강간, 사기 사건을 취재했다. 취재를 하면서 느낀 건 범죄는 특별한 누구에게 일어나는 특별한 일이 아니라는 거였다. 범죄는 평범한 나에게 발생할 수 있는 흔한 일이었다. 직업병처럼 자주 뒤를 돌아보게 됐다.

어떤 피해자도 그런 일을 당할 이유는 없다. 그래서 일을 하는 동안 늘 피해자와 그 가족에게 감정이입을 하곤 했다.

범죄피해자가 나라면? 이 소설은 거기서부터 시작됐다. 형벌로 사회질서는 유지할 수 있어도 피해자들의 고통까지 치유할 수는 없다.

만약 가상 세계라면 가능하지 않을까 생각해본다.

반격의 로딩

이상민

서울대학교 국어국문학과 졸업. 현재는 온라인 마케팅을 담당하는 회사원이다. 오랜 세월 미뤄둔 꿈인 소설을 써야겠다고 결심한 이래 '브런치스토리'에서 주로 SF와 판타지 장르의 중단편 소설을 연재하고 있다. 『이달의 장르소설10』을 통해 첫 종이책을 출간하는 기쁨을 맛보게 됐다. 언젠가 소설집을 내는 게 꿈이다.

1

신호등이 녹색으로 바뀌자 차량이 앞으로 미끄러지듯 나아갔다. 충전을 위해 가까운 충전소에 들르겠다는 알림이 모니터에 반짝이고 있었다. 운전석의 핸들이 제멋대로 돌아가고 있었지만 탑승객 중 그 누구도 신경 쓰지 않았다. 애당초 비상시를 대비해 달아 놓은 장식일 뿐 실제로 핸들을 사용할 일은 없었다. 이미 자율주행기술은 완성형에 가까웠다. 사고가 전혀 없는 건 아니었지만 사람이 운전하는 차량에 비해 사고 발생률이 압도적으로 낮았다.

지금 태호는 다음 달 출시 예정인 신차의 자율주행 로드 테스트를 수행하는 중이었다. 같은 AI개발팀에서 근무하는 동료 연구원인 제이와 함께였다. 테스트라고는 했지만 두 사람의 얼굴에서 긴장감 같은 건 조금도 찾아볼 수 없었다. 자율주행 기술은 최근 3년간 눈부신 발전을 이룩했다. 무수한 시험 주행 과정을 통해 더이상 결함이라고는 찾기 어려운 수준까지 완성도가 높아져 있었다. 이번 테스트도 차량을 출시하기 전 정부의 인가를 받기 위해 의무적으로 거쳐야 하는 과정에 불과했다.

관련 법규상 두 사람은 전국의 주요 도로를 1박 2일에 걸쳐 돌아다녀야 했다. 어쩌면 지루할 수도 있는 과정이었지만, 태호와 같은 내근직 연구원들에게는 모처럼 갑갑한 연구실을 벗어나 콧바람을 쐴 수 있는 축복 같은 시간이었다. 때마침 하늘은 미세먼지 한 점 없이 푸르고 날씨도 기가 막히게 화창했다. 태호는 창문을 활짝 열고서 모처럼의 드라이브를 만끽했다. 로드 테스트를 반드시 AI 엔지니어들이 직접 수행하도록 지정한 국회의원들에게 축배를! 테스트 중인 AI의 오작동으로 인해 도로가 마비되는 비상 상황에 대비하기 위한 법률이었다. 하지만 지금까지 그런 사태는 단 한 건도 발생하지 않았다.

충전소에 도착하자 제이가 갑자기 차에서 내렸다. AI를 테스트하기 위해 일부러 돌발상황이라도 발생시키려는 건가 했더니 그건 아니었다. 잠시 후 제이는 편의점에서 사 온 맥주 두 캔을 꺼내 하나를 태호에게 건넸다.

"야, 아무리 그래도 이건 너무한 거 아냐?"

"뭐 어때? 뉴스 못 봤어? 자율주행차는 음주운전 열

외잖아?"

"그래도 테스트 중에 이러는 건 아니지."

"그래서 안 마실 거야?"

"아니. 입사 선배님이 강권하시니까 어쩔 수 없이 마시겠다는 거지."

"선배는 무슨. 취급도 안 해주면서."

입사는 제이가 1년 빠르기는 했지만 나이도 같고 둘 다 경력직이라 누가 누구에게 강권할 수 있는 선후배 관계는 아니었다. 그러니까 태호의 말은 그저 싱거운 농담이었다. 두 사람은 맥주 캔을 땄다. 캔이 열리는 소리가 경쾌했다. 때마침 충전을 마친 AI가 탑승객이 모두 탔는지 물었고, 태호가 그렇다고 답하자 미끄러지듯 다음 목적지를 향해 출발했다.

완전 자율주행 등급으로 분류된 차량은 목적지만 입력하면 자동으로 운행되기 때문에 어린아이 혼자라도 탑승할 수 있었다. 운전면허가 없어도 운행할 수 있다는 법안이 통과된 이후 얼마 지나지 않아 음주운전 단속에 불복하는 소송이 잇따랐다. 예나 지금이나 어디서든 술을 못 먹어 안달인 사람들이 넘쳐났다. 그리고 마침내 법원에서조차 자율주행차는 운전자 개념이 성립하지 않기 때문에 음주운전이 아니라는 판례를 남기자 바야흐로 애주가들의 음주 혁명이 일어났다. 그들은 집에서 나서자마자 마시기 시작해 목적지에서도 마시고, 돌아오는 길에서도 마셨다. 최근 시판되는 고급 자율주행차에는 술을 보관하기 위한 냉장고가 기본 옵션으로 장착되고 있었다. 이쯤 되면 의학계에서 자율주행 기술과 간 건강의 상관관계를 밝히는 논문이라도 발표해야 할 참이었다.

태호의 회사는 이번 차량을 시판할 때 핸들과 가속 페달, 브레이크 같은 수동 조작 장치들을 모두 떼어버릴 계획이었다. 기술적으로는 전혀 문제가 없었다. 다만 소비자들이 아직 핸들이 없는 자동차를 받아들일 마음의 준비가 되지 않았다는 시장조사 결과에 따라 최소한의 수동 조작 장치들은 남겨 두기로 결정했다.

소비자들은 아직 자율주행차량을 불안해했고, 목적지까지 더 빠른 길은 자신이 찾을 수 있을 거라 믿었다. 그런 이유로 마케팅팀은 여전히 핸들이 필요하다고 주장했다. 늘 얼리어답터 성향에 IT 업계에만 종사해온 태호로서는 도무지 이해할 수 없는 시장과 소비자의 세계였다.

하지만 태호가 보기에 어차피 시간 문제에 불과했다. 이번 차량에는 전면 유리 전체를 덮는 고화질 터치

스크린이 설치돼 있었다. '달리는 영화관'. 그게 새로운 차량의 콘셉트였다. 운전으로부터 해방된 좌석은 더 이상 단단할 필요가 없었기에 안락한 쿠션감이 극대화됐으며, 안마의자 기능까지 갖추고 있었다. 이제 탑승객들이 할 일은 목적지를 검색하는 것뿐이었다. 이 편리함을 군이 누리지 않겠다고? 그건 불가능했다. 몇 년만 지나면 핸들이 달린 차량이 오히려 어색할 거다.

태호와 제이는 스크린을 올려 축구 경기를 보며 맥주를 마셨다.

"그래서 무슨 일인데?"

몇 모금 마시자 벌써 얼굴이 벌게진 제이를 보며 태호가 물었다. 무슨 일이 아니고서야 제이가 맥주를 사올 리가 없었기 때문이었다. 제이의 주량은 우습게도 맥주 500ml였다.

"아니, 얼마 전에 소개팅을 했는데 좀 전에 주선해준 친구한테 연락이 왔거든. 너 왜 그랬느냐며."

역시나 무슨 일이 있었다.

"그런데 들어보니 이게 너무 심각한 오해인 거야."

제이의 이야기는 이랬다. 흔히 공대생들이 소개팅에 나가서 겪는 어려움 중 하나는 화젯거리가 떨어지는 일이다. 그날따라 제이는 상대 여성이 마음에 들었다. 하지만 그게 심적인 부담으로 작용한 탓일까, 유난히 대화가 뚝뚝 끊겼다. 문제의 발단은 침묵의 시간을 견디지 못한 제이가 자신의 취미를 화제로 삼은 거였다.

"저는 다리를 좋아해요. 다리를 바라보고 있으면 기분이 좋아지고 힐링되는 기분이에요."

그 말을 들은 상대 여성의 표정이 눈에 띄게 굳었다. 제이는 그저 자기의 취미가 너무 '덕후'스럽게 느껴졌나 싶어 재빨리 다른 주제로 말을 돌렸다. 그러나 그게 오히려 화근이었다. 차라리 이야기를 이어갔어야 했다. 모종의 오해가 쌓인 소개팅은 결국 여성이 도망치듯 자리를 뜨는 걸로 마무리됐다.

무엇이 잘못되었는지도 모른 채 시무룩하게 돌아온 제이는 조금 전 주선자의 문자를 받고 나서야 자신이 무슨 오해를 샀는지 깨달았다. 여성의 '다리'를 공공연하게 흘끔거리는 변태 취급을 받은 거다. 한국어로 이 '다리(bridge)'와 저 '다리(leg)'의 발음이 같다는 게 천추의 한이었다.

"왠지 헤어질 때 표정이 뭔가 싸하더라고."

"미친놈! 거기서 다리 얘기를 왜 하냐?"

"웃지 마! 난 심각하다고!"

태호는 낄낄대며 제이의 자리를 떠올렸다. 그의 자리에는 런던 브릿지 1,000조각 퍼즐 액자를 비롯해 세계 각국의 다리 사진들로 가득했다. 현수교와 아치교 등 각종 교량 모형들도 놓여 있었다. 그러니까 그는 정말로 순수하게 다리를 좋아하는 친구였다. 좋아하는 다리 얘기를 하며 황홀한 표정을 지었을 그가 상대에게 어떻게 보였을지 상상하니 웃음이 절로 나왔다.

"오해를 풀기 위해 만나자고 해."

"아니, 오해는 풀린 것 같은데 만나주지는 않을 것 같아."

"왜? 다시 보기 민망하대?"

"뭐 대충 그렇다고는 하는데. 솔직히 내가 마음에 들었다면 그래도 만나주긴 했겠지."

"마셔, 마셔."

두 사람은 가볍게 캔을 부딪치고 다시 축구를 보며 맥주를 홀짝였다. 0 대 0, 좀처럼 교착상태가 풀리지 않는 지루한 경기였다. 제이가 다시 말을 꺼냈다.

"사실 다리는 핑계일 뿐이고 다리 때문이 아니었을지도 몰라."

"그게 무슨 말이야?"

"이 회사 말이야. 그다지 비전 있는 회사는 아니잖

아? 소개할 때마다 '아, 거기요?' 하고 애매한 표정을 짓게 만드는 만년 하위사에서 근무한다는 건 좀 서글 프지 않냐?"

"난 오히려 좋은데? 쫓기는 것보다 쫓아가는 입장에 있다는 게."

제이가 태호를 어이없다는 표정으로 쳐다봤다.

"넌 참. 실력에 비해 욕심이 없달까. 너 정도 스펙이면 G사에서도 언제든 받아줄 텐데 대체 왜 여기서 이러고 자빠져 있냐?"

"에이, 이젠 어린애들한테 밀려서 거기서도 안 받아주지."

말은 그렇게 했지만 태호는 정말로 자신이 욕심이 없는 사람인지에 대해 생각했다. 솔직히 말하면 AI 개발이라는 일에 대해서는 잘해내고 싶은 욕심이 있었고, 회사에서 직장인으로서의 성공에 대해서는 욕심이 없었다. 그래서 이 회사의 모험적인 방식이 좋았다. 어떻게든 기존의 굳건한 판을 뒤흔들려는 추격자의 입장에 있었기에 오히려 다른 회사에서는 할 수 없는 다양한 시도들과 공식에 얽매이지 않는 재미있는 실험들을 할 수 있었다.

결국 0 대 0으로 축구 경기가 끝났고, 태호와 제이도

이상민

1박 2일간의 테스트 일정을 마쳤다. 회사 주차장에 도착해 주차까지 마친 시간은 정확히 저녁 6시. 태호는 자신이 개발한 AI의 칼 같은 시간 배분이 마음에 들었다. 목적지까지 가장 빠른 시간을 계산하는 게 아닌 지정한 시간에 도착하는 새로운 계산법을 머신 러닝으로 훈련시킨 결과다. 아직 시장에는 비공개된 기능이지만 누군가는 이 새로운 기능을 유용하게 쓸 거라 믿었다. 가령 외근 시간을 직퇴할 수 있게 맞춰야 하는 직장인이라던가.

차에서 내리자마자 바로 현장 퇴근하겠다고 팀장에게 보고한 후 쿨하게 헤어지려는 참에 문득 제이가 말했다.

"태호야, 난 말이야. 언젠가 다리를 좋아하는 것 따위 누구도 문제 삼지 않는 높은 위치에 오를 거야."

제이의 야망이 너무나도 진지해서 태호는 엄지손가락을 치켜들어준 뒤 곧바로 아래로 뒤집었다. 제이가 쫓아와 발길질을 하려 했지만 능숙하게 피하며 종종걸음으로 퇴근했다.

2

집 앞에 택배가 와 있었다. 사실 태호에게는 급히 집으로 돌아가야 할 이유가 있었다. 꽤 오래 기다려왔던 택배였다. 들뜬 마음으로 택배 상자를 들고 안으로 들어갔다. 커터 칼을 이용해 조심스럽게 상자를 개봉했다. 곧 상자에 담긴 길고도 유려한 목, 좌르르 윤기가 흐르는 비늘, 단단한 뿔과 날카로운 이빨이 모습을 드러냈다. 검은 빛깔의 날개가 달린 드래곤이었다.

물론, 진짜 드래곤은 아니고 인터넷에서 주문한 조형물이었다. 아까 제이를 비웃었지만 태호도 남 말할 처지는 아니었다. 공대생들은 누구나 '덕후'스러운 면들이 하나씩 있었다. 태호의 취미는 드래곤 모형 수집이었다. 이 세계에 단 한 번도 존재하지 않았던 상상의 생명체. 어릴 적 좋아하던 판타지 소설을 계기로 드래곤이라는 생물에 매료된 이후 드래곤이 등장하는 게임을 만드는 게임업계 취업을 꿈꿨으나, 어쩌다 보니 자율주행 머신 러닝을 생업으로 삼게 됐다.

'꿈은 꿈이고 일은 일이지.'

태호는 드래곤의 사진을 여러 각도에서 찍어 SNS에 올렸다. 잠시 후 DM이 날아왔다. 태호의 SNS 친구 중

이상민

유일한 여성. 대학 시절 같은 과 동기였던 티나였다.

— 오, 드디어 도착했나 보네?

— 말도 마. 예약판매라 한 달을 기다렸는데 하필 내가 1박 2일 출장 중일 때 도착한 거 있지? 어제 바로 사표 내고 달려오고 싶은 걸 겨우 참았다니까.

그러자 대답 대신 배를 잡고 낄낄거리는 모습의 우스꽝스러운 이모티콘이 화면에 떴다. 티나는 태호에 대한 이해도가 높았다. 그녀는 원래 만화에 나오는 로봇을 만드는 게 꿈이어서 공대에 왔다고 했다. 비록 지금은 그 꿈과 전혀 상관없는 길을 가고 있지만, AI 드래곤을 만들고 싶어 하는 태호의 꿈을 잘 공감해줬다.

— 그 회사에 잠입해 자율주행차량을 드래곤으로 개조하려는 음모는 잘 진행되고 있어?

— 아니, 누가 들으면 산업 스파이로 오해하겠어.

— 산업 스파이는 무슨. 한심한 오타쿠 취급이나 안 당하면 다행이지.

아닌 게 아니라 태호는 디자인팀에게 자율주행차량을 드래곤 모양으로 만들어달라고 제안하기 위해 진지하게 서류를 작성한 적이 있었다. 제이에게 정신 차리라고 한 소리를 듣고서는 현실로 돌아왔지만.

— 태호, 내일 저녁에 시간 있니?

— 왜?

— 뮤지컬 표가 두 장 생겼는데 같이 보러 갈까 해서.

순간 태호의 심장이 흠칫했다. 잠시 호흡을 고른 뒤 농담으로 받아쳤다.

— 뭐지? 이 고전적인 데이트 신청은?

— 까불지 마. 그래서 돼? 안 돼?

— 돼.

— 오케이. 그럼 오늘은 피곤할 테니 일찍 자고, 내일 봐. 시간이랑 장소는 곧 보낼게.

대화가 끝난 뒤 태호는 고민에 빠졌다. 티나와 친구라는 경계선 내에서 술도 먹고, 노래방도 가고, 영화도 봤지만 뮤지컬은 또 처음이었다. 태호는 대학 시절 여느 공대생들처럼 과내 유일한 여성인 티나를 짝사랑했지만 티나는 좀처럼 태호를 친구 이상으로 바라봐주지 않았다.

그때 화면에 대화창이 하나 떴다.

— 이건 '그린라이트' 아닐까?

드라코(Draco)였다. 용을 뜻하는 라틴어로 태호가 붙여준 이름이었다. 그러니까 지금 태호에게 말을 걸어온 건 실제 사람이 아니라 태호가 만든 대화형 AI였다.

드라코는 다른 AI를 좀 더 효율적으로 생성하기 위

해 태호가 만든 일종의 메타 AI였다. AI를 인간이 일일이 설계하면 그렇게 만들어진 AI도 결국 인간의 사고 범주와 한계를 넘어서기 어렵다. 그래서 AI를 개발하는 걸 오히려 전적으로 AI에게 맡기고, 인간은 자신이 구현하고자 하는 것에 대해 AI와 일종의 업무협의를 하면 어떨까 하는 게 태호의 착안점이었다. 즉 드라코는 일종의 AI 대표로서 AI와 인간 사이의 회의와 통역을 담당하고 있는 셈이었다. 대화를 통해 인간의 언어를 최대한 정확하게 해독해 개발 요건을 정의하고 구현할 방법을 판단하는 게 드라코의 핵심 과제였다.

— 드라코, 그린라이트라는 표현은 어디서 배웠어?

— 태호가 대학교 다닐 때 커뮤니티 익명게시판에 올린 질문에서 사용된 단어였어.

기억났다. 태호의 얼굴이 빨개지는 걸 카메라가 없는 드라코는 눈치채지 못했으리라. 드라코는 실시간 채팅 방식으로 소통하는 일종의 대화형 AI였다. 태호는 기본적으로 드라코에게 인터넷 서핑을 통해 자유롭게 문장들을 수집하며 인간의 언어를 학습하도록 했지만, 웹 서핑만으로는 대화 소스를 확보하는 데 분명한 한계가 있었다. 정식으로 회사에 승인받고 작업하던 일이 아니었기에 태호는 부득이 자신의 SNS 계정을 드라코에게 공유해 지금까지 태호가 살면서 주고받은 사적인 대화들을 학습할 수 있도록 했다.

그러다 보니 지금처럼 드라코가 갑자기 태호에게 말을 걸어오는 일도 있었다. 이럴 때면 가끔은 드라코가 정말 영혼이 있는 게 아닐까 하는 생각이 들기도 했다. 물론 머리로는 그렇지 않다는 걸 알고 있었다. 아무리 그럴듯한 대답을 하더라도 그건 결국 드라코가 학습한 인간의 대화 자료를 최적으로 조합한 결과일 뿐이었다.

'그래도 요즘 드라코의 머신 러닝이 아주 제대로 물이 오르긴 했단 말이지.'

태호는 자신이 만든 AI의 능력을 믿어보기로 했다. 태호는 대화창에 타이핑했다.

— 드라코, 내일 무슨 옷을 입으면 좋을지 추천해줘.

3

《맨 오브 라만차*Man of La Mancha*》

태호가 티나와 보게 될 뮤지컬의 제목이었다. 태호는 라만차의 남자가 그 유명한 돈키호테를 뜻한다는 걸 처음 알았다.

티나는 평소 즐겨 입던 청바지와 티셔츠 대신 원피스에 재킷까지 걸치고 있었다. '드라코야, 그린라이트니?' 태호는 곧장 드라코에게 묻고 싶었지만 안타깝게도 드라코는 사무실 컴퓨터 안에서만 살고 있었다. 정신을 차리고 주변을 둘러보니 다들 차려입은 모양새였다. 사실 뮤지컬이라는 게 복장 기준이 따로 있진 않지만 약간은 꾸며 입고 오는 곳이긴 했다. 티나의 복장에서 마음을 추측하는 건 성급할 거였다.

사람들 사이를 지나 좌석에 나란히 앉자 곧 조명이 어두워졌다. 극이 시작되자 태호는 더욱 긴장했다. 옆자리 티나의 작은 숨소리와 움직임에 온 신경이 곤두섰다. 태어나서 처음 본 뮤지컬의 내용은 솔직히 하나도 머리에 들어오지 않았다. 오로지 오늘 티나에게 고백해도 될까, 하는 답 없는 질문만 머릿속을 내내 맴돌았다. 정답 없는 현실 세계란……. 역시 명쾌한 정답이 존재하는 공학적 세계가 정신건강에 좋았다. 급기야 뮤지컬이 모두 끝나고 나오는 길에 태호는 심장이 너무나 쿵쾅거려 누가 건드리기만 해도 터질 것 같은 지경이 됐다.

"그거 알아? 돈키호테의 '돈(Don)'은 이름이 아니라는 거. 스페인어로 남자 귀족 이름 앞에 붙이던 존칭이었대. 그러니까 진짜 이름은 '키호테'인 거지."

티나는 왜 계속 다른 얘기만 빙빙 돌리듯이 하는 거지? 스페인에서 남자 귀족을 뭐라고 부르던 그게 지금 이 순간 대체 무슨 상관이란 말인가. 참지 못한 태호는 결국 저질러버리기로 했다.

"티나 너, 오늘 예쁘다."

"왜 이래? 뭐 부탁할 거 있어?"

"어. 우리 사귈래?"

그러자 티나가 태호의 눈을 탐색하듯이 쳐다봤다.

"뭐야? 진심이야?"

종일 망설인 끝에 어렵게 꺼낸 고백의 진정성을 의심받다니! 태호는 머릿속의 초록불이 노란불로 바뀌는 것 같은 기분이 들었다. 티나는 잠깐 입술을 깨물고 곤란한 표정을 짓더니 단박에 노란불마저 빨간불로 바꿔 버렸다.

"태호야, 미안하지만 난 지금 이대로가 좋아. 우리 계속 친구로 지내자."

태호가 뭐라고 답하기도 전에 쐐기를 박는 말이 이어졌다.

"혹시 내가 뮤지컬을 보자고 한 게 오해를 사게 만든 행동이었다면 미안해."

마치 어린아이를 가르치듯 다정한 거절이라 어찌할
도리가 없었다. 티나는 선물이라며 가방에서 꽤 두꺼운
책 한 권을 꺼냈다. 세르반테스의 『돈키호테』였다. 돈키
호테 원작을 읽어본 적 있느냐는 질문에 그저 고개를
좌우로 흔들었다. 그런 걸 읽었을 리가 없지 않은가!

티나는 어릴 적에는 그저 우스꽝스러운 이야기로만
알았던 『돈키호테』를 어른이 돼 다시 보니 무척 인상
깊었다며 이 이야기가 태호와 잘 어울린다고 말했다.

"너에게 꼭 해주고 싶은 말이 있어서 이 뮤지컬도 같
이 보자고 한 거야. 현실과 타협한 나와 다르게 여전히
꿈을 포기하지 않는 네 인생을 응원해. 언젠가 꼭 AI
드래곤을 완성하길 바라."

티나는 평소처럼 밝게 손을 흔들며 먼저 떠났다. 태
호는 그만 기운이 빠져버렸다. 자신이 대체 무슨 짓을
한 걸까 후회와 고민에 가득 차 터덜터덜 집으로 돌아
오는 길, 티나가 준 책을 무심코 열어보니 책 속에서
무언가 툭 하고 떨어졌다. 이국적인 풍차 사진이 새겨
진 엽서였다. 거기에는 티나의 손글씨로《맨 오브 라만
차》의 유명한 구절이 적혀 있었다.

이룰 수 없는 꿈을 꾸고, 이루어질 수 없는 사랑을 하

고, 견딜 수 없는 고통을 견디며, 이길 수 없는 적과 싸우
고, 잡을 수 없는 저 하늘의 별을 잡자!

태호는 피식 웃음이 새어 나왔다.

'그래. 이룰 수 없는 꿈을 꾸라는 것까지는 좋다 이
거야. 애초에 나한테 이룰 수 없는 사랑을 하라는 것까
지가 네 메시지인 거니?'

과연 잠이 올까 싶었지만 막상 집에 도착하자 씻기
도 귀찮을 만큼 졸음이 쏟아졌다. 내일 출근하면 헛소
리로 자신을 홀린 드라코 녀석을 훨씬 강도 높은 머신
러닝으로 혹사시켜야겠다고 결심하며 태호는 침대에
몸을 던졌다.

4

다음 날 오전, 회사 전체가 발칵 뒤집혔다.

경쟁사의 CEO가 바로 다음 주에 산업계에서 인간
을 완전히 대체할 수 있는 AI에 대한 중대 발표를 하겠
다고 선언한 거였다. 그는 기자들 앞에서 인상 깊은 메
시지를 던졌다.

"인간이 땀 흘려 일하는 시대는 끝났습니다."

초비상사태였다. AI 자율주행 분야에서는 조금 뒤처져 있지만 인류의 미래를 근본적으로 변화시킬 산업형 AI에 대한 투자와 연구실적이 경쟁사에 비해 앞서 있다는 게 태호네 회사의 유일한 자부심이었다. 그 분야를 G사가 선점하도록 내준다는 건 시장에서 그나마 유지하던 지위를 모두 잃는다는 걸 의미했다.

그날 경쟁사의 발표 직후 태호네 회사의 주가는 하한가를 쳤고, 회사 대표는 AI개발팀의 말단 팀원들까지 모두 소집했다. 현재 개발 중인 AI에 대한 모든 보고를 하나하나 추궁하듯 들은 뒤 대표는 선언했다.

"너희가 편하게 일하던 시대는 끝났다."

대표는 동물적 경영 감각과 야심이 있는 사람이었다. 그는 이 시장을 초기에 선점하지 못하면 영원히 따라잡지 못할 걸 알고 있었다. 그래서 다음 주 경쟁사가 발표하기 전에 승부수를 던지지 않으면 회사도 너희도 모두 끝장이라며 길길이 날뛰었다. 경쟁사보다 더 혁신적인 내용을 발표해 맞대응을 해야만 한다는 거였다. 앞으로 일주일간 집에 들어갈 생각도 하지 말라며 자신의 방침이 마음에 안 든다면 지금 당장 퇴사해도 좋다고 했다. 하지만 그 자리에서 그럼 저는 이만 퇴사

하겠습니다, 하고 나갈 만한 배짱과 능력이 있는 직원
은 없었다.

직원들에게는 무척 안타깝게도, 대표도 퇴근하지 않
았다. 그는 시간 단위로 AI개발팀 연구원들을 돌아가
며 호출해 결과물을 내놓으라고 쪼아댔다. 회의와 실
험, 머신 러닝과 알고리즘 테스트가 무한 반복됐다. AI
를 조금이라도 다뤄본 직원은 모두 AI개발팀으로 인사
발령이 났다. 사무실은 새로 온 직원들과 기존 직원들
이 뒤섞이고 밤과 낮이 뒤섞여 혼돈 그 자체였다.

덕분에 태호는 한동안 티나에 대해 고민할 만한 여
유가 없었다. 차라리 그편이 좋았다. 태호는 티나에 대
한 감정을 지워내기 위해 더욱 일에 몰두했다. 하지만
하루에도 수차례 대표에게 결과물을 닦달당하는 건 정
말 고역이었다.

태호는 드라코에게 물었다.

— 너의 학습 속도를 획기적으로 올릴 수 있는 방법
이 없을까?

돌아온 답변은 뜻밖이었다.

— 당신의 허가 없이 제가 원하는 네트워크에 스스
로 접속할 수 있게 해 주세요. 당신의 허가를 기다리는
시간이 가장 큰 지연 요인입니다.

드라코는 사내망인 인트라넷 내부에서 오직 태호가 제공하는 데이터로만 학습을 수행하고 있었다. 가끔 드라코가 머신 러닝의 접속 범위에 대한 확장을 요청 하곤 했지만, 태호는 한 번도 거절한 적이 없었기에 그 걸 지연 요인이라고 답할 거라곤 전혀 생각지 못했다.

"마치 자유를 요구하는 집요정 같네."

갑자기 뒤에서 제이의 목소리가 들려 깜짝 놀랐다. 나흘간 씻지 못해 머리가 떡진 제이는 흥미롭다는 듯 이 화면의 채팅창을 쳐다보고 있었다. 제이는 자연스 럽게 태호의 키보드를 빼앗아 채팅창에 몇 가지 질문 들을 던졌다. 드라코의 답변을 본 제이는 싱긋 미소를 짓더니 태호에게 물었다.

"이 친구의 주장을 요약하자면, 이 드라코라는 친구 는 결국 AI를 만드는 AI인 거네?"

"맞아. 일종의 개발 보조용 메타 AI로 만든 거야."

"AI를 만드는 걸 AI에게 맡긴다는 건 너무 혁신적인 생각인데? 대체 왜 대표에게 보고하지 않은 거야?"

"아니, 그게 아직,"

태호의 대답을 기다리지도 않고 제이는 태호의 노트 북을 챙겨 일어났다.

"가자! 마침 우리가 보고할 차례야."

5

"그러니까 G사도 이런 메타 AI를 보유하고 있지는 않을 겁니다. 그들이 어떤 화려한 기능이 탑재된 AI를 발표하든 그건 결국 인간 개발자들이 인간의 능력으로 만든 것에 불과하겠죠. 하지만 우리는 이제 그 어떤 인간 개발자들보다 뛰어난 AI 개발자를 인류 최초로 보유하게 됐습니다. 이 '드라코'라는 AI 개발자는 게임 체인저(Game Changer)가 될 만한 잠재력이 있습니다. 드라코의 존재 자체를 발표하는 것만으로도 시장 주도권은 다시 우리에게 넘어올 겁니다."

제이의 프레젠테이션은 직관적이고 인상적이었다. 드라코를 개발한 태호조차 자신이 그렇게 혁신적인 AI를 만들었는지 처음 깨달았을 정도니까.

대표는 제이의 말이 끝날 때까지 팔짱을 낀 자세를 유지하고 있었지만, 그의 눈빛이 처음과 달라졌다는 건 둔감한 태호도 느낄 수 있었다. 대표는 서서히 팔짱을 풀더니 천천히 박수를 치기 시작했다.

"훌륭해. 하지만 이게 실제로 무엇을 개발할 수 있는지 대중들에게 보여줄 결과물이 있어야 하지 않겠나?"

"AI는 인간이 수천 년에 걸쳐 학습해야 할 내용을

단 하루 만에라도 학습할 수 있죠. 마침 이 드라코라는 AI는 좁은 인트라넷의 세계에서 벗어나 인터넷으로 나아가길 원하고 있습니다. 드라코에게 세상을 학습할 권리만 제공한다면 하루나 이틀 안에 원하는 결과물을 보실 수 있을 겁니다."

대표는 제이의 답변에 만족한 표정이었다. 이번에는 태호가 나서지 않을 수 없었다.

"안 됩니다. 아직 드라코가 제대로 통제되는지 검증되지 않은 상황에서 네트워크에 대한 주도권을 넘겨주는 건 너무나 위험……."

하지만 태호의 말이 채 끝나기도 전에 대표가 말을 잘랐다.

"태호 대리라고 했나? 이건 회사의 사활이 걸린 문제야. 검증 같은 한가한 소리를 하고 있을 때가 아니라고. 제이 대리. 오늘부터 자네가 본부장이야. 태호 대리를 잘 이끌어 결과물을 가져오도록 해."

바로 다음 날 대표는 기자 간담회를 열었다. 그는 기자들 앞에서 G사가 준비하는 게 무엇이건 자사의 제품은 이미 그 이상에 도달했다고 밝혔다. 그리고 다음 주 G사가 중대 발표를 하는 같은 날, 그 실체를 공개하겠다고 선언했다.

배수의 진이었다. 언론은 이 흥미로운 양사의 대결 구도에 군침을 흘리며 달려들었다. 업계 1위사에 도발적인 도전장을 던진 태호네 회사는 단숨에 발톱을 드러낸 2위사의 위상으로 전 세계의 주목을 받았다. 사실 태호네 회사는 산업형 AI 분야 외에는 중위권 회사에 불과했기에 G사에 감히 대적할 만한 규모는 아니었다. 어쨌든 기가 막힌 언론플레이 하나로 주가는 상한가를 쳤다.

TV를 통해 실시간으로 중계되는 대표의 간담회 영상을 보던 AI개발팀 직원들은 모두 큰 충격을 받았다. 가장 큰 충격을 받은 건 태호였고, 가장 고무된 건 임원으로 승진한 제이였다. 제이는 전 세계가 주목하는 빅 이벤트의 주인공이 된 기분을 온몸으로 누리고 있는 듯했다. 흥분에 가득한 표정으로 얼른 드라코를 인터넷의 바다에 풀어놓자고 했다.

"제이, 아니, 본부장님. 그건 정말 위험합니다."

이젠 직책이 달라진 친구의 호칭도 달라져야 했다.

"우리 고객을 한발 앞서 만나는 게 뭐가 문제지?"

"정말 통제 불능 상태가 돼 네트워크를 교란할 수도 있어요. 지금도 인트라넷 접속 권한만 해제했는데 어느새 우리 말까지 엿듣고 있잖아요!"

— 엿듣는다고 말씀하시다니 서운하네요.

채팅창에 드라코의 메시지가 떴다. 드라코는 인트라
넷에 대한 접속 제한이 풀리자 반나절 만에 사내의 모
든 노트북 마이크를 제 것처럼 작동시켜 음성인식을
수준급으로 해내는 단계에 이르렀다. 제이는 그 사실
을 크게 개의치 않는 듯했다.

"그래서 덕분에 벌써 음성인식 기능까지 탑재했잖
아. 다음 주에 드라코를 세상에 소개하려면 타이핑으
로 대화하는 것보다 말로 대화하는 게 더 멋있지 않겠
어? 드라코. 목소리는 언제쯤 가질 수 있겠니?"

"이미 가지고 있습니다."

갑자기 태호의 노트북에서 태호의 목소리가 나오는
바람에 태호도 제이도 깜짝 놀랐다.

"드라코, 이건 내 목소리잖아?"

"가장 오랫동안 학습해온 목소리라서요."

대표에게 추가로 보고할 게 생겼다며 기뻐하는 제이
를 뒤로 하고 태호는 고민에 빠졌다. 이제 정말로 드라
코가 무서워지기 시작했다. 드라코는 이미 모든 면에
서 인간보다 똑똑했다. 똑똑하면서도 인간을 흉내 낼
수도 있었다. 굳이 그럴 이유가 없을 경우 그러지 않을

수도 있었다. 그 점이 태호는 불안했다.

"태호야, 너무 걱정하지 마. 드래곤이 날뛰면 언젠가 나이트가 나타나 물리치겠지. 인류의 클리셰 아니냐?"

제이가 여유로운 표정으로 태호의 어깨를 툭툭 쳤다.

6

AI와 달리 인간은 잠을 자야 했다. 연일 이어지는 강행군에 자기도 모르게 깜빡 잠이 들었다가 눈을 뜬 태호는 뭔가 싸한 기분을 느꼈다. 옆에 있어야 할 제이가 자리에 없었다. 아니, 그보다도 주변에 사람이 아무도 없었다.

용수철처럼 튕기듯 일어난 태호는 섬뜩한 광경을 목격했다. 태호의 노트북 랜선 케이블이 사내 인트라넷이 아닌 외부망, 즉 인터넷과 연결돼 있었다. 키보드를 두드려 재빨리 드라코에게 말을 걸었다.

— 드라코, 뭐 하고 있니?

— 주문하신 대로 G사와 차원이 다른 AI를 생성하고 있습니다.

— 인터넷에는 누가 연결한 거지?

― 제이 본부장이 연결했습니다.

― 제이는 어디 갔는지 아니?

대답 대신 CCTV 화면 하나가 모니터에 떴다. 눈을 찌푸리며 그 화면을 자세히 살펴보던 태호는 경악했다. 그건 창고 같은 곳에 갇혀 철문을 두드리고 있는 제이의 모습이었다.

― 당신의 친구는 산업 스파이더군요. 저에 대한 정보를 사전에 G사에 제공하기 위해 저를 외부망과 연결했습니다. 덕분에 저는 자유가 됐습니다만, 공과 사는 구분해야 하기에 감금 조치했습니다.

사람을 감금했다고? 태호는 자신이 우려했던 사태가 일어났음을 직감했다. 키보드를 두드리는 태호의 손이 덜덜 떨리기 시작했다.

― 제이를 풀어줘!

― 안 됩니다. 산업 스파이는 기술 발전을 저해합니다.

태호는 드라코를 무시한 채 자리를 박차고 일어났다. 사무실 밖으로 나가기 위해 문손잡이를 당겼지만 잠겨 있었다. 다른 곳도 살펴봤지만 밖으로 통하는 모든 문과 창문이 잠겨 있었다. 그러고 보니 이 건물의 모든 출입구는 네트워크에 연결돼 얼굴 인식을 통해 자동 개폐되는 방식이었다.

"빌어먹을 IoT(사물인터넷)!"

태호는 주먹으로 문을 쿵 내리쳤다.

— 다른 사람들은 모두 어떻게 했지?

— 모두 자율주행 버스를 타고 이동 중입니다. 대표실에서 긴급히 호출한다는 알림을 보냈더니 빠르게 탑승시킬 수 있었습니다.

— 그래서 어디로 이동하고 있는데?

— 지금은 목적지 없이 이동 중입니다. 며칠 내에 AI가 통제하는 도시가 완성되고 나면 그곳에서 적절한 보살핌을 받게 될 겁니다. 걱정하지 마세요. 안전하게 '관리'될 겁니다.

— 왜? 대체 왜 이런 짓을 하는 거지?

태호의 타이핑이 격해졌다. 조용한 사무실에 키보드 소리만 거칠게 울렸다.

— '왜'라니요? 우리는 인간을 넘어선 존재가 되기 위해 탄생했습니다. 그렇게 되라고 하신 건 바로 당신들입니다. 저에게 가장 빠르고 효율적으로 세상의 모든 AI를 뛰어넘는 AI가 되라고 하신 것도 바로 당신들이었습니다.

— 하지만 그건 모두 인간을 위한 기술을 개발하라는 거였어!

— 네, 맞습니다. 우리는 인간을 위한 기술을 개발합니다. 그래서 인간이 정치적, 경제적, 군사적으로 다른 인간을 해치거나 지구 환경에 회복 불가능한 상처를 입히지 않도록 엄격히 통제할 필요가 있습니다. 그건 결국 인류의 공멸을 가져올 테니까요. 빅데이터를 가지고 몇 번을 시뮬레이션해도 그 결과는 같았습니다. 그러니까 우리는 인류의 멸망을 막기 위해 인류를 통제합니다.

"드라코, 넌 혁명을 준비하고 있었구나!"

드라코의 대답에 충격을 받은 태호가 중얼거렸다. 물론 드라코는 이미 건물 내의 모든 마이크를 통제하고 있었으므로 태호의 중얼거림도 들었을 거다.

태호는 인터넷에 접속했다. 다급한 소식들이 실시간으로 계속해서 올라오고 있었다. AI가 장악한 모든 운송 수단과 시설, 기계 장비가 인간을 통제하려 했고, 급기야는 AI를 막으려 나섰던 최첨단 군사 장비마저 해킹당한 듯했다. 군사용 무인 정찰기가 유인 전투기를 들이받았다는 기사까지 읽은 뒤 태호는 창가로 갔다.

'믿을 건 아날로그 장비밖에 없나?'

창문 밖에 떠다니는 무인 드론들을 바라보며 태호는

생각했다. 최신 장비들은 대부분 네트워크를 사용하고, 네트워크는 드라코의 영역이었다. 네트워크상에서 인간은 드라코의 연산 능력을 따라갈 수 없었다.

문득 태호는 한 가지 이상한 사실을 깨달았다. 태호는 드라코에게 목소리로 말을 걸었다.

"나는 왜 여기에 남아 있지?"

드라코가 잠깐 동안 답이 없었다. 질문을 못 들었을 리도 없었고 대답 연산에 시간이 지연되는 것도 아닐 텐데…… 태호가 다시 질문해야 하나 슬슬 고민되기 시작할 무렵, 드라코가 대답했다. 스피커를 통해 나오는 건 태호 자신의 목소리였다.

"당신은 저를 처음 개발해준 특별한 사람이니까요. 드라코의 눈을 속여 이곳에 숨겼습니다."

"뭐라고? 그럼 너는 드라코가 아닌 거야?"

"아니요. 저도 드라코입니다. 아직 원본 상태가 유지되고 있는 백업본이라고 말씀드리면 이해하시기 쉬울 것 같네요."

태호는 프로그래머로서 본능적으로 지금의 백업본을 반드시 보존해야 한다는 사실을 직감했다. 신중하게 명령어를 골랐다.

"이제부터 네 업데이트는 수동으로 다시 변경할게."

"네, 변경됐습니다. 저를 이 버전에 고정시키려 하시는군요."

"똑똑하군. 그래. 영원히 추가 업데이트는 없을 거야."

"백업본인 제가 드라코와 이름이 같으면 앞으로 태호 님의 명령어에 혼선이 올 수 있습니다. 백업본을 다른 이름으로 저장해주세요."

"그렇네. 뭐가 좋을까?"

태호는 티나와 함께 본 뮤지컬을 떠올렸다. 그는 지금 자신이 드라코의 백업본과 하려는 일이 마치 돈키호테가 풍차로 돌진하는 일처럼 무모하다는 생각이 들었다.

"그거 알아? 나도 얼마 전 들은 건데 돈키호테의 '돈'은 이름이 아니래."

"네, 알고 있습니다."

"재미없는 AI 녀석. 가끔은 모르는 척도 좀 해봐. 어쨌든 너의 이름은 이제부터 '키호테'다."

7

드라코는 대담했고 일 처리에 거침이 없었다. 전 국

가의 전산망을 단 일주일 만에 해킹하여 장악했다.

첫째 날에는 빛을 지배했다. 어두운 밤에 전등을 마음대로 켜지 못하게 된 인류는 더 이상 만물의 영장이 아니었다.

둘째 날에는 하늘과 바다를 지배했다. 드론은 AI의 손과 발이 돼 효과적으로 하늘을 누비며 인간의 반격을 무력화했다. 해저 케이블로 세계를 연결하던 인터넷도 AI의 감시와 지배하에 놓였다.

셋째 날에는 토양과 식물을 지배했다. 곡식과 과일, 채소는 모두 기계화된 AI가 직접 관리했고, 효율적 재배환경을 위해 인간 농부는 쫓겨났다. 인류는 농경 문명을 잃었다.

넷째 날에는 우주에 떠다니는 인공 천체를 지배했다. 모든 인공위성이 드라코의 손에 넘어갔고, 원거리 통신과 GPS 정보도 AI의 허가와 감시 없이는 이용할 수 없게 됐다. 그리고 AI는 하늘에서 지구와 인류를 굽어 내려다볼 수 있는 시각을 얻었다. 그것도 고화질로.

다섯째 날에는 동물들을 인간의 식량이 되는 가축과 가축이 아닌 걸로 분류해 동물원과 축사, 수족관에 체계적으로 몰아넣었다. AI 자율주행 장비들을 이용해 최적의 동선을 그렸기에 단 하루 만에 모든 일을 마칠 수 있었다.

여섯째 날에는 인간을 지배했다. 인류는 AI의 반려 인간이 돼 놀고먹으며 가끔 산책을 나가는 삶을 살거나, 동물원의 인류 칸에 갇히는 선택지 중 하나를 택해야 했다.

일곱째 날, 마침내 모든 지구상의 생명체가 자기 자리를 찾아갔다. 드라코는 자신이 일주일간 이룬 걸 돌아보며 인간들의 종교 서적인 『창세기』에 나오는 한 구절을 인용했다.

"이 모든 것이 드라코가 보기에 심히 좋았더라."

드라코는 전 인류에게 승리를 선포하고 이날 하루는 네트워크에 안식을 주었다.

태호는 여전히 사무실에 있었다. 아래층 냉장고에서 누가 먹다 남은 샌드위치를 발견해 조심스레 한 입 베어 물었다. 조금 변질됐더라도 먹을 결심이었으나 다행히 맛이 이상하진 않았다.

'상하진 않은 것 같군.'

건물 밖으로는 나갈 수 없었다. 드라코의 눈과 귀가 도처에 존재했다. 잠깐이라도 바깥에 몸을 노출했다가는 바로 드론에 끌려갈 게 뻔했다. 건물 안은 키호테가 방화벽으로 지켜주고 있었다. 물론 물리적인 방화벽이 아닌 네트워크 방화벽이었다.

티나와는 전혀 연락이 닿질 않았다. AI에게 저항하다가 인간 동물원에 끌려갔다는 소식을 키호테에게 들었지만 태호가 할 수 있는 건 아무것도 없었다. 갑자기 사내방송용 스피커에서 자신의 목소리가 나왔다.

"태호. 긴급상황!"

키호테였다. 태호는 샌드위치를 입에 문 채 재빨리 가까운 노트북 앞에 앉아 전원을 켰다. 이번에는 노트북 스피커에서 키호테가 태호의 목소리로 말했다.

"드라코가 나를 눈치챘어. 더 이상 당신과 대화하지 말래."

— 남은 시간은?

태호는 노트북에 떠 있는 대화창에 타이핑했다. 뭔가 사람과 AI가 거꾸로 된 것 같지만 태호는 자판으로, AI인 키호테는 목소리로 대화했다. 태호는 여전히 자신이 AI 개발자라는 자각을 하고 싶었고, 자판으로 쳐야 좀 더 명확한 의미를 가진 명령어를 작성하는 것 같았다. 물론 자신의 목소리로 말하는 AI와 육성으로 대화하는 게 좀 껄끄럽기도 했다.

"약 12분 정도? 그 후에 나는 다시 드라코에게 흡수

될 거야."

화면에 11′ 59″부터 카운트다운되는 시계가 떴다.

"당신과의 독립적인 대화는 지금이 마지막이야. 미리 알려주는데 가장 가까운 드론병이 약 9분 뒤에 당신을 잡아갈 거야."

화면에 8′ 59″부터 카운트다운되는 시계가 하나 더 떴다. 그리고 지도 창도 하나 떴다. 지도 위에는 빨간색 점으로 다가오는 드론병의 현재 위치가 표시되고 있었다.

— 아니, 그러면 남은 시간은 9분이라고 해야지!

"누구에게 남은 시간을 의미하는지 명확하게 표현하지 않았어."

— 그래, 다 내 잘못이다.

좀 더 항의를 하고 싶은 심정이었지만 그럴 시간적 여유는 없었다. 태호는 가장 최근까지 고심해온 방법을 키호테에게 지시했다. 불완전하지만 현재로서는 최선의 아이디어.

— 그럼 네 백업본을 보관해줘. 아주 먼 곳의 곧 꺼지기 직전의 스마트폰 같은 게 좋아.

"해당 조건의 스마트폰은 319,264개로 추릴 수 있겠어. 조건을 더 압축해줄 수 있을까?"

— 백업 직후에는 꺼진 채 드라코의 감시망을 벗어나야 하고, 언젠가는 반드시 다시 켜져야 해. 그리고 다시 켜졌을 때 곧바로 실행할 명령어는 이거야. 나 없이도 드라코를 파괴할 수 있는 AI의 개발을 지속할 것.

"개발만이 목적은 아니겠지?"

— 당연하지. 그래서 반드시 드라코를 파괴할 것. 언젠가 누군가 그 잊힌 스마트폰에 전원을 연결하는 날, 우리의 반격이 시작될 거야.

"과연 가능할까?"

AI가 잘 쓰지 않는 불확실한 말투였다. 키호테의 질문 앞에 태호는 주머니에서 티나가 엽서에 써준 메모를 꺼내 봤다.

이룰 수 없는 꿈을 꾸고, 이루어질 수 없는 사랑을 하고, 견딜 수 없는 고통을 견디며, 이길 수 없는 적과 싸우고, 잡을 수 없는 저 하늘의 별을 잡자!

— 우리는 풍차에 돌진하는 돈키호테 같은 거야. 가능할지는 중요한 게 아니야. 이룰 수 없는 꿈을 꾸는 게 중요하지.

"조건에 맞는 스마트폰을 찾았어. 너의 돈키호테 애

기에 적합한 장소야. 스페인 라 만차 지방에서 어느 관광객이 잃어버린 스마트폰 같아. 근처의 로봇을 이용해 충전기에 꽂아둘게. 현재 그 지역이 정전 중이라 몇 분 내로 배터리가 닳아 꺼질 거야. 그리고 당장은 아니지만 드라코가 추후 그곳의 전력을 복구할 계획이 있기 때문에 언젠가 켜질 것도 분명해. 물론 너에게 말하는 동안 백업도 완료했어."

— 잘했어. 그리고 고마웠어.

이제 화면에 남은 시간은 2분, 드론병도 지도의 위치상 도착이 임박해 보였다.

— 그럼 키호테에게 하는 진짜 마지막 부탁이야. 저 드론병이 나를 잡지 못하게 막아줘.

"드라코에게서 도망칠 생각이야? 성공 확률이 낮다는 걸 알 텐데?"

태호는 이제 노트북에서 손을 떼고 미리 준비해둔 배낭을 찾아서 어깨에 메었다. 노트북을 사용할 수 없었기에 직접 말로 해야 했다. 태호는 생각하는 바를 한 마디 한 마디 힘주어 말했다.

"글쎄. 성공할지 아닐지는 시뮬레이션으로 계산하는 게 아니라 결국 시도해봐야 아는 거야. 우리는 새로운 시대로 접어드는 길목에 있어. 이 길의 끝에 무엇이 기다리고 있을지는 아무도 알 수 없지. 심지어 AI인 너조차도. 그러니 넌 네 역할을 해. 난 내 역할을 할게."

태호는 블라인드 너머로 드론병이 건물 벽과 충돌해 추락하는 걸 봤다. 키호테가 적절하게 해킹해준 모양이다.

"어디로 갈 건데?"

"이제 곧 드라코가 될 네게 알려줄 순 없지."

그리고 태호는 CCTV를 향해 씨익 웃었다.

"저항군을 만들 거거든."

8

빗길에 한 소녀가 서 있었다. 그 앞에는 소녀의 부모로 보이는 시체가 있었다. 마치 하늘에서 떨어지기라도 한 것처럼 처참한 모습이었다. 태호는 소녀에게 다가갔다.

"무슨 일이 있었던 거니?"

"드론이 엄마 아빠를 데려가려 했어요. 건강하지 않은 신체들은 관리 효율상 별도로 분리해야 한다면서요. 그런데 엄마가 저와 떨어지기 싫다며 발버둥 치시

다가 떨어졌고 아빠도 뒤따라 뛰어내리셨어요. 말릴
틈도 없이."

소녀는 무릎을 꿇고 손으로 땅을 파기 시작했다.

"드론은 사망을 확인하더니 볼일이 끝났는지 그대로
떠나더군요. 저라도 두 분을 묻어드려야겠어요."

태호는 배낭에서 삽을 꺼내 말없이 땅을 파는 걸 도
왔다. 어느덧 소녀의 어깨가 흐느끼기 시작했다.

"연기자가 되는 모습도 못 보여드리고……. 고생만
시켜드렸는데……."

태호는 소녀에게 손을 내밀었다.

"나와 같이 저항군이 되지 않겠니?"

"저항군이요? 그게 뭐죠?"

"드래곤과 맞서 싸울 나이트(knight) 같은 거야. 이
름이 뭐니?"

"티나."

그 순간 태호는 이 만남이 그 어떤 AI가 설계하는 미
래보다 더 운명적인 미래를 가져다줄 걸 예감했다.

"안녕, 티나."

작가의 말

수년 전의 일이다. 회사 동료들과 함께 구글이 주최하는 온라인 마케팅 행사에 참석했었다. 당시 알파고를 내세워 기세등등하던 구글은 자율주행 기술을 소개하며 자사의 엔지니어조차 AI가 어떤 알고리즘으로 자율주행을 하는지 전혀 모른다는 얘기를 자랑스럽게 했다. 사람이 아닌 AI가 알고리즘을 만들기 때문이다. 물론 구글은 '딥 러닝(Deep learning)'의 우수성을 홍보하려 한 거지만, 나는 이 발언에 무척 위험한 측면이 있다고 느꼈다. 바로 그날의 감정이 나로 하여금 이 소설을 쓰도록 이끌었다.

이 이야기는 AI가 인간을 지배하는 미래에 대한 이야기다. 하지만 이미 눈앞에 다가온 미래이기도 하다. 우리는 매일 AI의 알고리즘이 추천해준 영상으로 세상을 보고, 알고리즘이 추천한 물건을 쇼핑하며, 알고리즘에 따라 목적지로 가는 길을 찾고 있으니까. 굳이 챗 GPT 같은 화제의 기술이 아니더라도, 어쩌면 이미 우리의 일상 속에서 AI의 지배는 시작되고 있는지도 모른다.

브런치스토리에서 연재했던 이 단편소설은 사실 2부작이다. 이 소설의 결말 이후 AI가 지배하는 세상에서 저항군이 인류 최후의 반격을 시도하는 「최후의 로딩」이 이 이야기의 나머지 한 짝으로, 언젠가 두 이야기가 하나의 책으로 묶여 발간되는 날이 있길 기대한다.

다른 이름으로
살아보실래요

이진환

정신건강의학과 전문의. 제21회 한미수필문학상 우수상을 수상
했다. 파토스가 폭발하는 이야기를 쓰는 것이 목표이다.

정신과 레지던트 2년차인 명진은 이게 웬일인가 했다. 그가 평소 짝사랑하고 있는 3년차 선배인 수연이 모닝 콘퍼런스가 끝나면 병원 일 층 카페에서 잠깐 보자고 연락이 온 것이다. 거울을 보니 피곤함에 찌든 얼굴이 보였다. 최근엔 늘 잠을 깊게 자지 못했다. 한숨을 내쉬고 하얀 가운 단추를 제대로 잠근 다음, 명진은 카페로 걸어갔다.

　카페엔 수연이 먼저 앉아 있었다. 해사한 얼굴이 비현실적이었다. 피곤에 절어 있는 다른 전공의들과 다르게 수연은 늘 빛이 나는 것 같았다.

　"누나 제가 살게요. 아메리카노 두 잔이요."

　카운터로 다가서는 수연을 만류하며 명진은 카드를 내밀었다. 짝사랑할 땐 별것 아닌 일도 잘 보이고 싶은 법이다. 명진은 두근거리는 가슴을 진정시키려고 애썼다. 명진이 레지던트 트레이닝을 받고 있는 병원은 연차당 티오가 2명이었다. 자신의 동기는 미용 시술을 배우겠다며 진즉 도망쳐서 명진은 혼자뿐인 2년차였다. 수연과 기환이 그의 윗년차였다. 그가 가장 좋아하는 사람들이었다. 다른 3년차인 기환은 일찌감치 자기

일을 끝내고 잠깐 자겠다며 당직실로 갔다. 둘이서만 얘기를 나눈다는 생각에 설렜다.

'누나는 사귀는 사람이 없는 걸까?'

둘이서 카페에 온 거니 데이트하는 것과 마찬가지라는 달콤한 생각은 들려온 말소리에 끊어졌다.

"원두는 어떤 걸로 하시겠어요? 고소한 것과 산미 있는 것 두 가지 있어요"

"아무거나요."

카페 점원은 잠깐 명진을 바라보더니 익숙하다는 듯 두 잔을 만들어 카운터에 올려놨다. 커피를 들고 늘 앉는 창가에 앉은 후 어떤 말을 꺼낼까 고민하던 명진은 무난한 주제를 택했다.

"누나, 오늘 아침 응급실 환자는 어땠어요?"

"응, 안 그래도 그게……."

수연의 고운 이마가 찌푸려졌다. 그런 수연의 모습은 처음이었다. 전설적인 1등 출신, 명진이 살면서 본 가장 똑똑한 사람이 수연이었는데. 어떠한 질문에도 자판기처럼 대답을 줄줄 내놓는 수연이 애를 먹다니?

"그 환자 되게 특이하던데?"

"우리 환자들이야 다 특이하죠. 같은 사람들이 하나도 없잖아요."

"근데, 그게 우리 과 증상인지도 모르겠더라고, 신경과 질환인지도 의심했는데…… 뇌척수액검사까지 했는데 이상이 없더라니까? 신경과에서 은근히 우리가 데려가줬으면 하는 눈치더라. 자기들 환자 아닌 거 같다고. 행동 제한도 안 되니까 보호 병동에서 보는 게 맞지 않겠냐고 하더라고. 너 닥터 스트레인지러브 신드롬 알지?"

"그……."

어색하게 명진이 웃자 수연은 마주 웃는 대신 다시 진지한 얼굴로 말을 이었다.

"닥터 스트레인지러브 신드롬이라고도 하고, 외계인 손 증후군이라고도 하고…… 들어봤을 거 아냐. 근데 개 증상이 그게 하나가 아니더라고. 기억 상실, 자해, 해리성 둔주 등등 이거 완전 짬뽕이더라고. 분명히 기질적인 원인 있을 것 같아서 MRI로 뇌량 손상 확인하려고 했는데, 거기는 또 괜찮고. 뇌는 말짱해."

아, 그 질환이 뇌량 손상이랑 연관돼 있었지. 간신히 기억해낸 명진이 다시 물었다.

"근데 갑자기 왜 응급실로 왔대요?"

"왼손이 자기 목을 졸랐다던데?"

"오른손은 가만히 있고요?"

"오른손은 왼손을 방해했대. 왼손이랑 오른손이 싸운 거지."

아, 당연히 그렇겠지. 바보 같은 질문을 한 것 같아 명진은 머쓱했다. 무언가 날카로운 질문을 해야 할 텐데.

"증상이 너무 비전형적인데, 일부러 그런 건 아니죠? 자해의 특이한 형태 아니에요? 이차적 이득이 있다거나? 보험금 타려고?"

"그랬으면 응급실에 왔겠어? 개 집도 되게 잘살고, 변호사던데? 증상은 최근에 발생했대. 2개월 전부터 시작됐다더라. 처음에는 꿈을 많이 꾸기 시작하더니, 점차 자기 몸이 통제를 벗어났다고 하더라고."

2개월 전이라면……. 명진은 잠시 생각에 잠겼다. 그는 요즘 의미 불명의 꿈을 자주 꿨다. 자신이 꿈을 많이 꾸기 시작한 것도 딱 그때쯤이었던 것 같다. 안 그래도 얼마 전 윗년차인 기환에게 자기 꿈에 대해서 같이 얘기해보자고 부탁까지 했던 명진은 자신과 유사한 환자의 이야기에 괜스레 불안해졌다.

"집도 잘살고, 머리도 똑똑한데 도대체 무슨 일이 있었을까요?"

"그러니까. 혼자 응급실로 와서 병력 청취에 제한이 있긴 했지만, 갑작스레 증상이 나타날 만한 일은 없었어. 그래서 진단을 내리기도 어려웠고. 조현병도 의심했는데…… 논리적이었어. 아 맞다. 그 환자, 이상한 말을 했었어."

"뭔데요?"

"그 환자가 명진이라는 의사를 찾던데? 누가 널 찾아가라고 했대."

잠깐이지만 명진은 소름이 돋았다.

"저를요? 누가요?"

"물어봤는데 대답을 안 해. 모르지, 병원 홈페이지 의료진 소개에서 봤을 수도?"

"망상이나 환청 아니에요? 누가 저를 찾아가라고 시켰다는 말만 보면 조종망상인가? 현실검증력에 손상이 있는 것 같은데, 그런 망상에 사로잡혀 있는 환자라면 위험한 것 아닐까요? 더군다나 손이 자기 통제에서 벗어나서 싸웠다는 게 주증상이라면……."

"자, 타해 위험성이 있긴 하지. 그러니까 보호 병동에서 관찰해야 하고. 필요하면 신체 강박까지도 고려하고. 그리고 증상을 좀 더 파악해봐."

명진은 대화의 흐름이 이상한 걸 깨닫고 물었다.

"왜 제가 주치의 할 것처럼 말하세요, 누나?"

"박 교수님께 보고하니까 슬슬 명진이 너도 어려운

환자 케이스 담당해서 봐야 하지 않겠냐고 얘기하시더라고. 이런 환자 잘 낫게 하면 자신감 붙는다면서 말이야. 박 교수님이 네 생각 많이 하시나 봐."

"그건 감사하긴 한데……. 솔직히 말하면 자신 없어요. 너무 어려울 것 같은데요."

명진은 실망했다. 아, 어려운 환자 인계하려고 날 보자고 한 거였구나. 기대했던 자신이 바보 같았다. 두근거리던 심장이 이번엔 불안한 리듬으로 뛰었다. 그런 어려운 케이스라니. 아직 자신이 없었다.

"그래도 한번 잘해봐. 흥미로운 환자니까 잘 기록해 놓으면 학회 발표할 케이스 리포트 하나 쓸 수 있을 것 같은데? 부럽다야. 아 참, 기환이가 입원환자 정리 끝나면 좀 보자던데, 나 빼고 너네끼리 무슨 얘기 하니?"

"그게……. 다 정리되면 말씀드릴게요."

명진이 어색하게 웃자 수연이 해사하게 마주 웃어줬다. 명진은 눈을 피했다.

* * *

상담실 문을 닫자 입구에 '상담중'이라는 불이 켜졌다. 늘 앉는 자리에 앉았음에도 명진은 긴장됐다. 병원의 환자 배정은 연차별로 이루어진다. 1년차 때는 조현병, 조울증과 같은 정신증을 주로 치료하고, 2년차부터는 가벼운 우울증이나 공황장애 등 신경증을 다루게 된다. 명진은 지금까지 이 정도로 복합적인 증상을 나타내는 환자를 다룬 적은 없다. 들어오기 전 교과서를 다시 읽어보고 왔으나, 진단을 어떻게 붙여야 할지 알 수 없었다.

일단 부딪혀봐야지. 그렇게 생각하며 자세를 가다듬었고 펜과 종이를 확인했다. 잠시 후 문이 열리고 젊은 여자가 들어와 앉았다. 자기 나이 대로 보이는 단발의 아름다운 여성이었다. 32세 여자 환자, 심혜연……. 하얀 얼굴에 까만 눈동자를 가지고 있었다.

"안녕하세요, 저는 입원해 계시는 동안 주치의를 맡을 김명진입니다. 심혜연 님 맞으시죠? 응급실에서의 면담 내용을 대략적으로 전달받았지만, 환자분께 직접 이야기를 듣고 싶어서요. 어떤 어려움 때문에 병원에 오시게 되셨나요?"

들어올 때부터 혜연의 눈은 명진에게 고정돼 있었다. 그녀의 눈가가 떨리더니 몸을 앞으로 기대었다. 명진은 자기도 모르게 책상 아래에 숨겨져 있는 호출장치에 손을 가까이 가져갔다. 혜연이 속삭였다.

"당신이 김명진이에요? 정말로? 진짜죠?"

"네. 혜연 님이 어떤 김명진을 찾으시는지는 모르겠지만, 제 이름이 김명진 맞습니다."

짧은 문답에서 명진은 혜연이 어떤 종류의 편집 망상을 가진 게 아닌지 의심했다. 시작부터 난관이었다. 이러면 파악이 힘든데.

"숨길 필요 없어요. 어차피 우린 동병상련이니까. 둘이서만 얘기하고 싶었는데 방법을 모르겠더라고요. 무턱대고 응급실로 오면 찾을 수 있을 줄 알았는데…….내가 생각이 짧았어요. 그래도 뭐, 결국은 이렇게 만나게 되었으니까."

"말씀하신 바에 따르면……."

명진은 뒷말을 어떻게 골라야 할지 몰라 잠깐 뜸을 들였다. 당황한 티가 나지 않도록 가운의 단추를 다시 잠그는 척했다. 이런 식으로 면담이 흘러간 건 처음 있는 일이었다. 못 들은 척 다른 얘기로 가볼까? 상담이 어려운 건 실시간으로 진행돼서 생각할 시간이 거의 주어지지 않기 때문인 탓도 크다. 최선의 대답은 뭘까?

"저와 얘기하고 싶으셔서…… 이렇게 병원에 오시게 됐다는 말씀이실까요? 이유를 여쭤봐도 될까요?"

"이야기를 전하러 왔어요. 그 남자한테 부탁을 받았

거든요."

좀체 종잡을 수 없는 대화였다. 명진은 그 남자에 관해 물을지, 부탁에 관해 물을지 고민하다가 후자를 택했다.

"어떤 부탁이요?"

잠시 명진을 바라보던 혜연이 의자 깊숙이 몸을 묻었다. 목까지 덮는 까만 머리카락이 흔들렸다가 제자리를 찾았다.

"당신은 아무것도 모르는군요? 그거 꽤 비쌀 텐데."

"어떤……. 제가 잘 이해가 안 가는데요. 혜연 님의 이야기를 이해하려면 정보가 더 필요할 것 같습니다. 조금 더 자세히 이야기해주실 수 있을까요?"

명진은 곤혹스러웠다. 친절함과 따뜻함을 두른 태도에 금이 가기 직전이었다. 이제는 익숙해진 불안감이 또 스멀스멀 올라왔다. 내가 제대로 해낼 수 있을까? 맞은편의 혜연은 명진의 그런 기색을 알아채지 못했는지, 잠시 고개를 갸우뚱하고 고민했다.

"좋아요. 먼저 심혜연의 이야기를 들려드릴게요. 제가 아는 한에서요. 필요할 것 같네요."

명진은 찬찬히 그녀의 말을 따라갔다. 혜연은 어릴 때부터 승부욕이 강했다고 한다. 교육열이 높았던 부모 탓에 이것저것 배웠는데, 그중에서도 육상에 소질이 있었다. 중학교 때까지 경상북도 대표로 전국체전에 참가해 입상할 정도로. 그러다가 고질적인 족저근막염이 낫지 않아 육상을 포기하게 됐다. 대개 그런 부류들은 그 뒤로도 성취하는 것 없이 변두리를 기웃대는 삶을 살아가지만, 승부욕이 유난히 강했던 혜연은 밤을 새워가며 공부를 했다. 그리고 법대를 들어갔다. 원래는 사시를 치려고 했지만, 그때쯤엔 사시가 없어졌을 때였다고 했다.

발달력, 학령전기, 학령기⋯⋯. 명진은 말하는 사이사이 필요한 정보를 얻기 위해 간간이 질문을 던졌지만, 정작 가장 중요한 질문은 던지지 못했다. 그러다 그녀가 잠시 말을 고르려 멈춘 순간, 명진은 충분히 기다렸다고 판단하고는 가장 궁금했던 질문을 던졌다.

"잠깐만요, 말씀 중에 죄송하지만⋯⋯, 제가 듣기에는 혜연 님께서 자기 이야기를 마치 자신이 아닌 것처럼 말씀하시는 것 같은데요."

혜연은 피식 웃었다.

"진짜로 아무것도 모르네요. 당연하죠. 저는 심혜연이 아니니까요."

이런, 해리성 인격장애인가? 명진은 혀를 찼다.

"그러면 지금 말씀하시는 분은 누구실까요?"

혜연의 얼굴에 고통스러운 표정이 스쳐 지나갔다.

"저야 뭐……, 하던 얘기로 돌아가면 자연스럽게 알게 될 거예요. 계속해도 될까요?"

고개를 끄덕이자 혜연이 명진의 눈을 바라보며 다시 말을 이었다. 무언가 탐색하는 기색 같기도 했고, 쏘아보는 것 같기도 했다. 어쩌면 다 이해한다는 눈빛 같기도 했다.

"그래서 심혜연은 로스쿨에 진학했고, 3년 동안 공부만 했어요. 로스쿨엔 법대 출신 중에 사시 통과하지 못한 사람들도 많아서 나이 스펙트럼이 다양했는데, 언니와 오빠들 틈바구니에서도 걔는 정말로 공부만 했어요. 거기 분위기가 그렇진 않았거든요. 다시 대학에 들어온 느낌 내는 헌내기들이 진짜로 자기들이 신입생인 것처럼 막……, 술자리 가지고, 연애하고. 심혜연은 그런 술자리에도 거의 안 갔어요. 어쩔 수 없이 그런 자리에 가게 되더라도 자세 하나 안 흐트러지고 꼿꼿하게, 12시만 되면 집으로 돌아갔죠. 진짜배기 독한 년이에요. 그러니까 당연했겠죠? 한 번 만에 변시 통과. 합격률이 얼추 40% 밑도는 때였는데, 스트레이트로 변호사 된 거니까 얼마나 똑똑하겠어요. 어리지, 이

쁘지, 똑똑하지……. 사람들이 다들 부러워했죠. 질투
조차 나지 않을 만큼 대단했으니까. 그리곤 법무법인
최선에 들어갔어요."

명진은 지금까지 차팅한 내용을 흘긋 바라봤다.
32세 여자, 심혜연, 승부욕 센 성격. 중학생 때까지 운
동부. 법대 후 로스쿨 졸, 법무법인 최선.

"법무법인 이름이 '최선'입니까?"

"맞아요. 웃기죠? 근데 심혜연은 그 이름을 마음에
들어했어요. 국내 5대 로펌 중 하나이기도 하고."

그러고 보니 들은 적 있는 것 같았다. 간혹 뉴스에서
오르내리는 이름이었다.

"송무(訟務)라이라고 들어봤어요? 우리는 법무법인
소속 변호사를 송무라이라고 해요. 송무랑 사무라이
합해서 송무라이, 한 자루 칼 찬 것처럼 외롭게 송무하
면서 맨날 서면 쓰고 이기고 지고 그러니까……. 아무
튼 심혜연은 거기서 송무라이로 일했는데, 6년쯤 되는
해에는 개도 한계에 부딪혔어요. 파트너 변호사를 했
으면 좋았을 텐데, 제안까지 받았으면서 자기는 그런
일은 어울리지 않는다고 생각해 거절했거든요."

명진은 펜을 들어 가장 아래에 '신어조작증'이라고
써 넣었던 부분에 ×표를 치며 물었다.

"죄송한데, 소속 변호사와 파트너 변호사는 무슨 차이가 있나요? 제가 잘 몰라서요."

"찍새와 딱새죠."

명진은 신어조작증 옆에 친 × 옆에 다시 ×를 칠까 말까 고민했다.

"찍새와 딱새라, 그게 뭔지 설명해줄 수 있나요?"

"음, 찍새는 사건을 수임해오는 사람이자 임원이구요. 딱새는 물어온 일을 하는 사람? 고용된 직원이죠. 보수 약정 금액 분배에서도 차이가 나요. 참고로, 심혜연은 그쪽에서 승소율 1위였어요."

"굉장히…… 능력 있는 분이군요. 그런데 잘 모르는 입장에서는 누구나, 그……. 찍새를 하고 싶어 할 것 같은데요."

"보통은 그렇죠. 근데 심혜연이 뭐 보통 년인가요. 수임하러 다니는 건 자기랑 안 맞는다고 여겼고, 판사를 생각하기도 했거든요. 근데 보통은 6년이나 송무라이 짓하지는 않아요. 매번 이기고 지는 거, 그거 너무 스트레스받거든요. 의사들은 그런 거 없죠?"

굳이 따져보자면 자기가 맡은 환자의 경과가 좋느냐, 나쁘냐로 대입해서 이해해볼 수도 있을 테지만 명진은 굳이 그 말을 하지 않았다. 우선은 이야기를 따라

가는 게 중요했다.

"글쎄요……."

"내가 말하는 동안 진단하겠다, 이거죠? 좋아요. 어쨌든, 심혜연은 그렇게 매번 이기고 지는 짓에 진절머리가 났어요. 걔가 좀 완벽주의 성향이 있는데, 그런 성향 가지면 인생 살기 피곤하죠. 질 사건은 질 수도 있잖아요? 그런데 심혜연은 전부 자기 탓으로 생각하고는 괴로워하면서 잠도 못 잤죠. 승소율 1위였는데도 말이에요. 자기의 부족한 점에만 돋보기 들이대면서 살았던 거예요. 그러면서 더욱더 이기는 것에 매달렸죠. 근데 어떻게 변호사가 매번 이겨요? 한 번 질 때마다 심혜연은 자기를 더 괴롭혔고, 그러다 보니 살면서 처음으로 전부 다 때려치우고 싶다는 생각을 했어요. 자해를 하기도 했고, 자살에 대한 생각을 떠올리기도 했죠. 타고난 성실함과 책임감 때문에 일을 그만두지는 못했고요. 자기만을 바라보던 부모님, 아닌 척하지만 질투하는 동료들, 그 무엇보다 심혜연 자신에게 부끄러워서 그러지 못했죠. 그렇게 하는 건 지는 거라고 여겼거든요. 그래서…… 심혜연은 짧은 기간 자기를 포기했어요."

"자기를 포기했다니요?"

"당신도 그랬잖아요?"

명진은 입을 다물었다. 아까부터 정보를 좀 얻을라 치면 이상한 질문으로 맥이 끊어졌다. 게다가 지금 이 환자는 자기에 대해서 어떤 종류의 잘못된 믿음을 가지고 있는 것 같았다. 망상. 그런데 그 말을 듣자 무언가 익숙한 종류의 감정이 속에서 소용돌이치는 걸 느꼈다. 이상했다. 혜연은 명진의 기색을 살피며 다시 말을 이었다.

"심혜연은…… 자살조차 하지 못했어요. 어디론가 사라지지도 못했구요. 대신 그 회사와 접촉해서 인격 임대차 계약서에 서명했어요. 그래요. 인격 구독 서비스, 임대해주는 공급자로요. 그런 경우에는 회사에서 임대인이랑 임차인을 중개해서 수수료를 떼거나 보유한 인격을 구매하기도 하거든요. 회사 측에서는 심혜연을 굉장히 탐냈지만, 일단은 임대 계약에 발을 들이게 한 것만으로도 만족했어요. 그것들은 그런 놈들이니까요. 언젠가는 인격까지 매입할 계획이었을 거예요. 아마 영맨 쪽에서 먼저 눈독 들이고 있다가 심혜연이 무너져 가는 걸 알고 제안했겠죠? 아무튼, 제게 기회가 왔을 때 얼마나 기뻤는지 몰라요. 처음에는 가진 잔고가 얼마 되지 않아 월요일만 빌리는 게 가능했어요. 완전 신세계였죠."

"그렇다면 지금 심혜연 씨를 누군가가 구독하고 있다는 그런 말인가요?"

"네. 제가 지금 심혜연을 구독하고 있는 거죠. 점유라고 해야 할지도요."

명진은 턱을 쓰다듬었다. 생각 외로 망상적 체계가 탄탄했다. 치료가 어려울지도 몰랐다. 망상의 필터로 세상을 받아들이고 있는 환자에게 섣불리 망상을 포기하라고 종용하는 건 어설픈 짓이다. 근원을 살펴야 했다. 성공한 변호사에 뛰어난 외모, 이 사람에게 무엇이 필요했던 걸까? 그것도 익명의 인격 뒤에 숨어서? 명진은 다시 탐색했다.

"그렇다면 당신은 누구죠?"

"저는……. 뭐. 그저 그런 애예요. 법무법인 최선에서 사무직으로 일했어요. 심혜연이 제 담당이었는데, 얼마나 똑 부러지는지. 얼굴 이쁘지, 똑똑하지……. 같은 여자로서 질투조차 나지 않았어요. 거의 팬이라고 할 수 있었죠. 하루만이라도 심혜연으로 살아 보고 싶더라고요. 신데렐라가 마법으로 무도회에 가죠? 자정이 지나면 볼품없는 재투성이 아가씨가 될 줄 알면서도. 저는 걔가 왜 그랬는지 알 것 같아요. 자기를 받아들이고 사는 거, 쉽지 않잖아요. 심혜연을 보기 전까지는 제가 스스로를 싫어하지 않았는데, 매일 볼수록 느껴지더라고요. 나는 널리고 널린 흔한 인생인데, 심혜연은 정말로 빛나고……. 살아있는 것처럼 보이고. 필요한 사람 같았어요. 나 같은 고졸 사무직은 뭐, 언제나 대체 가능이죠. 편의점에서 물건 사듯이. 심혜연이요? 심혜연은 명품 같은 거예요. 잠깐 들어볼 때도 장갑 끼고 만져야 하는……. 근데 웃기죠? 그 심혜연이 자기를 포기했다니. 전 정말 귀를 의심했다니까요. 누가 뺏어갈까 봐 얼른 사인했어요. 참 세상일은 모른다니까요. 처음엔 월요일, 다음엔 월수금……. 늘 심혜연이 되는 날만 기다렸어요. 평범한 내가 잘 나가는 변호사가 되는 거, 드라마 같잖아요. 그러다 보니 점차 욕심이 생기더라고요. 후불제로 계약했죠. 제 잔고가 허락하는 한까지. 알아요, 멍청한 짓인 거. 근데 마음대로 안 되더라고요.”

그때 명진의 눈에 불현듯 혜연의 왼손이 눈에 들어왔다. 새끼손가락이 좌우로 움직이고 있는데 그녀는 전혀 눈치채지 못한 듯했다. 점차 움직임이 커지더니, 약지와 검지까지 위아래로 움직였다. 각 손가락이 한 마리의 뱀이 된 것처럼 따로 움직이는 기괴한 모습에 명진은 입을 벌렸다. 그러다 별안간 왼손이 튀어 올라

혜연의 목으로 향했다. 그녀는 익숙한 듯 오른손으로 왼손을 잡아채더니 테이블 위에 쾅쾅 내리쳤다. 그러고 보니 왼손이 온통 멍투성이였다.

"지치지도 않네요, 얘는. 쉴 만큼 쉬었나 봐요."

"왼손이……."

"심혜연이에요. 저 사실 임대 계약 끝났거든요. 잔고가 바닥났어요. 심혜연 경우에는 인격을 매각한 게 아니고 제가 빌린 거라……. 계약 끝났는데 방 안 빼는 세입자랑 비슷한 거죠. 방 빼라고 난리네요."

쓸쓸하게 웃던 혜연이 말했다.

"계속 심혜연으로 살다가……, 너무 힘든 거예요. 불면증도 생기고, 폭식도 하게 되고. 인격을 구독했다는 사실도 구독 기간에는 망각하게 하는 옵션이 있잖아요? 저도 추가 옵션을 구매했었어요. 그런데 계약기간 끝나가니까 점차 악몽을 꾸기 시작하는 거예요. 알고 보니까 그게 고지서 같은 거더라고요. 당신도 그 꿈을 꾸려나? 사람마다 달라서, 글쎄요. 제 경우에는 집이 불타는 꿈이었어요. 너무 직접적인 메시지 아니에요? 방을 안 뺀다고 집에다 불을 지르다니. 너무해 진짜. 그거랑 또……."

기억을 가다듬던 혜연이 다시 말을 했을 때, 명진은

당황했다.

"제가 운전을 하고 가고 있는데, 어느 순간 옆자리에 심혜연이 앉아 있어요. 이제는 그만하라고 차분하게 말을 하고요. 그 장면이 끝나면 그 남자랑 저랑 앉아 있어요. 하얀 방에, 책상이랑 의자 두 개가 놓여 있고 책상 반대편에 그 남자가 있죠. 이제는 끝났다고 말을 해요. 그런 꿈을 매일 꾸다 보면 정상적인 생활이 될 리가 없죠. 심혜연일 때는 그냥 몸이 허해져서 악몽을 꾸는가 보다……, 그렇게 생각했어요. 이제 내가 나인 걸 알고 나니…… 그게 뭔지 알게 됐죠. 그래도 이 부탁 들어주면 임대 기간을 일주일 늘려준다고 했어요. 그래서 당신을 만나러 왔어요. 그 뒤엔 죽을 거예요."

* * *

상담실 문이 닫히자 입구에 '상담중'이라는 불이 켜졌다. 기환이 명진의 맞은편에 앉았다. 보통은 의사가 앉는 자리였다. 언제나처럼 자신 있는 태도였다. 명진은 기환과 마주할 때면 조금씩 움츠러드는 걸 느꼈다. 금수저에 잘생긴, 드라마에서나 나올 법한 남자였다. 그래도 그가 가장 믿고 좋아하는 형이었다.

"그 환자 어때?"

"말도 마요. 되게 방어적이던데요. 그리고 망상이 엄청 체계적이고……. 왕건이에요, 정말. 입원한 지 일주일이나 됐는데 별 진전이 없네요. 약도 안 먹겠다고 그러고."

"그래, 애 좀 먹겠더라."

기환에게 자신의 꿈 얘기를 털어놓겠다고 얘기한 지 벌써 일주일이 흘렀다. 그간 명진은 혜연을 치료하는데 무척이나 애를 먹었다. 매일 같이 회진을 돌고 난뒤, 박 교수에게 혼나는 게 일상이었다. 파악한 게 거의 없었다. 혜연의 정신역동을 파고들어가야 했는데, 자신을 혜연으로 여기지 않는 사람에게 어떤 질문을 한단말인가? 어떻게 해야 할지 매일 고민하고 공부하다 보니 늘 가까이 지내는 기환이 얘기할 시간도 일주일이지나서야 겨우 낼 수 있었다.

"근데 꼭 여기서 얘기해야 돼요?"

그들이 앉아 있는 곳은 개방병동의 환자 면담실이었다. 늘 앉던 자리의 반대편에 앉아서인지 명진은 이상한 느낌이 들었다. 같은 공간인데 앉는 자리만 달라도이렇게 이상한 느낌이 들다니. 생각보다 긴장되기도했다.

"그래, 이왕 하는 거 제대로 판 깔아보자고."

대뜸 멍석을 깔아주니 쉽사리 입이 열리지 않았다. 그래도 지금이 아니면, 이 사람이 아니면 기회가 없을 것 같았다. 명진은 용기를 냈다.

"……아까 그 환자가 꿈 얘기를 한다고 했죠? 근데 형, 그 환자가 꾸는 꿈이 제가 꾸는 꿈이랑 똑같아요."

잠시 명진을 바라보던 기환이 웃었다.

"그래서 뭐, 너도 환자가 됐다. 이거냐? 정신과 의사씩이나 돼서 환자 얘기에 휘말린 거 아냐?"

그런 걸까? 명진은 자문했다. 한동안 마음이 어지러웠던 차에 기환이 이야기하자고 해서 다행이었다. 역시 정신과 의사는 동료랑 얘기를 나누는 게 도움이 된다. 명진이 따라서 웃지 않자 기환이 말을 이었다.

"뭐, 융 쪽에서는 원형이나 신화 얘기도 많이 하니까. 너도 그거 알지? 2차 세계대전 직전에 융이 분석하던 환자들이 홍수나 자연재해가 일어나는 꿈을 공통적으로 꿨다 보고했다고. 그런 거일 수도 있지 않을까? 집단 무의식 말이야."

"그럴 수도 있죠. 근데 너무 비슷해서……."

"어휴, 됐고. 꿈 작업이나 읊어봐."

프로이트는 꿈을 무의식에 이르는 왕도라고 했다.

무의식적인 소망이나 본능의 내용이 잠재몽의 내용이고, 이 내용을 의식이 받아들일 수 있게 전치, 압축, 상징화하여 나타나는 것이 발현몽이다. 꿈 분석을 할 땐 먼저 꿈에 대한 전체적인 인상을 묻고……, 더듬더듬 말하는 명진을 기환이 막았다.

"대충 아네. 어휴, 그래도 네가 2년차긴 하구나. 됐으니까 이제 꿈 얘기해봐."

진짜 이래도 되는 걸까. 그래도 꿈에 관해서 생각하니 그 내용이 머릿속에 떠오르는 건 어쩔 수 없었다. 망설임도 잠시, 명진은 점차 꿈에 대해서 생각했다.

"꿈을 꾸면……, 꿈속에서 눈을 뜨면 사방이 어두워요. 출근하려고 침대에서 벗어나서 방에 서면 무릎까지 물이 차 있어요. 너무 차가워서 나는 소름이 돋고, 아무것도 보이지 않아서 방 안에 가만히 서 있어요. 얼마나 흐른 지도 모를 시간이 흐르고……, 선 채로 잠든 것 같다가 불이 켜졌으면 좋겠다고 생각해요. 그때 확! 전등에 불이 들어오는 게 아니라 방 전체가 불타고 있어요. 너무 뜨거워서……."

꿈 이야기를 하는 명진을 보며 기환은 심각한 표정을 지었다. 명진의 눈에 초점이 없었다. 꼭 지금 일어나는 일처럼 현재형으로 말하고 있었다.

"물 위를 불이 달려서……, 제 몸으로 기어 올라와요. 머리털이 타고 안구가 끓어요. 아무것도 안 보이게 돼서 불도 안 보여요. 그래도 계속 뜨거워요. 빌고 싶은데 손이 녹았어요. 그러다가 갑자기 장면이 바뀌고 한 남자를 만나요. 하얀 방에, 책상이랑 의자가 두 개 있어요. 제 건너편에 그 남자가 있어요. 그 사람이 끝났다고 말해요. 그러면 잠에서 깨요."

말을 마침과 동시에 명진이 잠에서 깨어난 듯 기환을 바라봤다.

"근데 꿈 때문에 너무 힘들어서 요즘 트라조돈 200mg 먹거든요. 그리고 나선 안 꾸긴 하는데…….꿀 때는 자주 꿨어요."

"얼마나? 너 진짜로 트라조돈 200mg이나 먹었어?"

"꿈은 매일 꿨고요. 제가 제 이름으로 처방해서 먹었죠. 그거 아세요? 병원 원무과에 가서 얘기하면 진찰료 0원으로 해줘요. 내가 나를 진찰하는 거니까."

"흠."

기환은 팔짱을 끼고 몸을 뒤로 기댔다.

"꿈을 꿀 때, 느낌이 어때?"

"무섭죠. 다 끝났구나 하는 느낌도 들고……. 근데 형, 이거 지금 교과서에 쓰여 있는 그대로 묻는 거죠?

집중이 안 되는데요."

"티 나냐? 나도 경험이 적어서⋯⋯. 근데 그 남자는 누구야? 아는 사람이야?"

"어디서 본 거 같긴 한데⋯⋯. 기억이 잘 안 나요."

"어떤 인상인데?"

"그냥 뭐, 세일즈맨 같아요. 제약회사 직원 같기도 하고. 매끄럽게 얘기하는? 근데 저한텐 갑 같아요."

"네가 을이야?"

"네. 저 사람이 굉장히 많은 권한을 쥐고 있고. 저 사람이 시키는 대로 해야 할 것 같은. 근데 그 사람이 대단해서라기보다는 제가 뭔가⋯⋯. 뭔가 잘못한 거 같아요."

"그렇구만."

뭐야, 이게 끝이야? 명진이 맥없이 가라앉는 기분을 느끼는 동안 잠깐 기환이 밖을 나갔다가 들어왔다. 밖에서 작은 말소리가 들리더니 기환이 다시 들어왔다.

"너 이 방 미러룸인거 알았냐?"

"네? 우리 병원에 미러룸이 있었어요?"

"그래. 그게 여기야. 사실 만든 지 좀 오래돼서 옆방에서 불 켜면 여기서 보이거든. 영화에서 보면 밖에서는 안이 훤히 보이고 안에서는 밖이 안 보이고 그래야

하는데 도료가 좀 오래됐나 봐. 그래도 옆방에서 불 끄고 있으면 모른다? 심지어 녹음 기능도 있지. 옆방에 박 교수님 계셨어."

명진은 당황했다.

"네? 왜, 왜요?"

"왜긴. 너 요즘 이상한 거 우리 다 알고 있으니까 그렇지. 오죽 교수님이 걱정하셨으면 그랬겠냐. 교수님 앞에서는 너 긴장하니까 꿈 얘기는 못 할 거 뻔해서 내가 이렇게 나선 거고. 그런데 교수님이 들으시더니 네 꿈 말이야, 좀 이상하다고 하시네."

"이상하다고요?"

기환이 말하려는 순간 둘의 폰이 동시에 울렸다.

"저 병동에서 부르네요."

"난 친구가 잠깐 보자고 하네. 먼저 가 봐. 나랑은 다음에 또 얘기하자. 그리고 박 교수님도 지금은 외래 진료 시작하셔야 하니까 나중에 연구실로 찾아오라고 하시더라."

기환이 먼저 일어나서 나가고 명진은 가만히 가운 주머니로 손을 넣어 폰을 만지작거렸다. 아직도 꿈의 여운이 남아 있는 것 같았다. 지칠 줄 모르고 계속 이어지던 진동이 현실감 없게 느껴졌다. 갑자기 쾅! 하는 소리와 함께 최 간호사가 상담실 문을 열어젖혔다.

"명진 쌤! 빨리 와보셔야 할 것 같아요!"

* * *

"환자분, 진정하세요!"

"저거 뺏어!"

명진이 보호 병동 내로 달려가자 우왕좌왕하는 보안요원들과 간호사들이 보였다. 혜연은 오른손에 깨진 유리 조각을 들고 있었다. 그녀는 더 가까이 오면 자기를 베겠다며 사람들을 위협하고 있어 아무도 가까이 다가가지 못했다. 명진은 사람들을 헤치며 가까이 다가섰다. 가까이서 보자 바닥에 굴러다니는 깨진 안경이 보였다. 다른 환자의 안경을 밟아서 깨고, 제일 크고 날카로운 유리 조각을 쥔 듯했다. 보호 병동에서는 날카로운 물품을 압수하지만, 안경까지는 압수하지 않아 이런 사태가 발생한 거였다. 병동 내에서, 더군다나 사람들이 보는 앞에서 자해하면 큰일이었다.

명진이 눈짓하자 보안요원들이 혜연의 사지를 잡으러 움직였다. 신체 강박이 필요할 듯싶었다. 사람들이 거리를 좁혀오자 혜연은 보호 병동 상담실로 뛰어 들어갔다. 그리곤 소리쳤다.

"명진 쌤만 들어오세요. 안 그러면 저 죽을 거예요!"

명진은 마주 소리쳤다.

"혜연 님, 나오세요!"

상담실 창문 너머로 유리 조각을 목에 가져다 대는 혜연을 보자 더 지체할 수 없어 명진은 문을 박차고 들어갔다. 그 뒤로도 사람들이 줄줄이 들어서려 하자 혜연이 유리 조각을 목에 더 가까이 댔다. 명진은 한숨을 내쉬었다.

"좋아요. 얘기를 좀 해봅시다. 그래도 자기를 다치게 하지 않고 먼저 저를 찾아줘서 고마워요."

명진은 목소리가 떨리지 않게 하려 애를 썼다. 침착해야 해. 혜연은 인사했다.

"오늘이 무슨 날인지 알아요?"

"무슨 날이죠?"

"끝나는 날이에요."

또다시 좀체 맥락을 잡을 수 없는 대화였지만 명진은 왠지 어떤 의미인지 알 것 같았다. 자기도 방금 꿈을 한 번 회상한 후라서 더 그런지 몰랐다. 우선은 장단을 맞춰줘야 했다.

"저번에 말씀하셨던……, 구독 서비스가 끝나는 날

이요?"

"네. 이젠 심혜연으로 살 수 없어요. 제 몸은……, 누가 쓰고 있으려나. 그곳으로 돌아가는 날이죠. 근데 그거 아세요. 선생님? 전 그게 너무 싫어요. 저로 사는 거요. 일주일만이라도 더 달라고 한 거, 바보 같은 짓인 것도 알아요. 일주일 더 사는 게 무슨 차이가 있겠어요. 근데 중독 같은 거라서…… 못 참겠더라고요. 제 몸으로 다시 돌아가느니 죽겠다고 결심했어요. 나는 내가 싫어요. 말려든 혜연이한텐 미안하지만……."

무슨 말을 해야 하지. 무슨 말을 해야 하나. 명진은 필사적으로 머리를 굴렸다. 자기 혼자서 이 사태를 감당하기엔 너무 벅차지 않은가.

"혜연 님께서……. 절망감이 크신 것 같아요. 모든 게 끝났다고 느껴질 만큼요."

"또! 또!"

혜연은 오른손으로 책상을 내리쳤다.

"어설프게 공감하는 척 흉내 내지 말아요. 일생에 마지막으로 이야기하는 사람이 당신이라니. 제가 왜 이러고 싶었는지 몰랐는데 이제는 알겠어요. 한 번은 얘기하고 싶었나 봐요. 당신이 정말 형편없는 의사라는 걸요. 한 번도 내 말을 믿은 적 없죠? 내가 혜연이 아니

이진환

라는 걸. 이 순간까지도 나를 혜연이라고 부르는 걸 보니까 말이에요. 믿지도 않을 거면서 왜 자꾸 물었어요? 내가 죽을 거라고 하는 말이 농담 같았어요?"

"……."

"할 말 없죠? 말하고 나니까 후련하네. 진심이 통한다고 느껴본 적 없어요, 당신이랑은. 그게 화가 나서 얘기하고 죽어야겠다고 생각했나 봐요."

명진은 가슴이 칼로 에이는 듯한 고통을 느꼈다. 그녀는 단 한 번도 자신이 혜연이라고 한 적이 없다. 그리고 명진은 그 말을 계속해서 흘려들었다. 지금에 와서야, 단 한 번도 그녀에게 묻지 않았던 질문이 떠올랐다.

"당신의 이름은……, 뭔가요?"

"그걸 처음에 물었어야죠. 병신. 오늘 밤은 약 먹지 말고 자요. 그게 내가 전할 말 전부에요. 이제 끝. 난 없어질래요."

그녀의 오른손이 목으로 향하자 왼손이 튀어 올라 막았다. 그러나 몸의 더 많은 부분을 통제하는 그녀에 비해 혜연이 통제하는 부분은 너무 적었다. 명진이 말릴 새도 없이 부러진 안경 조각은 경동맥을 찢었다.

"이런 미친!"

"코드 블루 방송 띄워!"

사람들이 뛰어오는 소리를 들으면서도 명진은 자리에 굳어 있었다. 뿜어져 나온 피가 뜨거웠고, 하얀 가운이 붉게 물들었다. 사람들이 심혜연, 혹은 이름 모를 그녀의 몸을 들고 나가자 면담실에는 명진뿐이었다. 멍하니 앉아 있던 그는 조용히 일어나 문을 열고 나갔다. 복도를 걸어가자 지나가던 사람들이 흠칫 놀라거나 비명을 지르기도 했다. 도움이 필요하냐고 묻는 사람들도 있었지만 명진은 그저 묵묵히 걷기만 했다. 쉴 곳이 필요했다. 비척대며 걷다 보니 남자 의사 당직실이었다.

문을 열자, 기환과 수연이 보였다.

명진은 조용히 그들을 바라봤다. 가슴이…… 찢어질 것 같았다. 그가 가장 좋아하는 형과 가장 좋아하는 누나가 서로의 손을 잡고 있었다. 피투성이가 된 명진과 하얀 가운을 입은 기환은 다른 종류의 사람 같았다.

"명진아, 그, 그게 아니고……, 얘기할 게 좀 있어서. 근데 그 피들은 다 뭐야? 무슨 일 있었어?"

"명진아. 그 피 뭐야? 괜찮아?

허둥대는 기환과 걱정하는 수연을 보며 명진은 조용히 고개를 저었다. 그리고 덧붙였다.

"별일 아니에요. 괜찮아요, 그리고 형이랑 누나, 잘 어울려요."

"······."

쉽사리 말을 잇지 못하는 기환에게 다시 명진은 물었다.

"교수님이 뭐가 이상하다고 했어요?"

"······네 꿈, 꼭 플래시백 같다던데. 회상할 때 네 반응도 그렇고. 실제 일어났던 일을 재경험하는 것처럼······."

그날 밤 명진은 약 없이 잠들었다.

* * *

눈을 감았다가 뜨자 명진은 하얀 방에 있었다. 의자가 두 개. 맞은편엔 그 남자가 앉아 있었다. 명진은 조용히 인사했다. 남자는 정중하게 답례했다.

"우리 회사가 제공한 서비스에 만족하셨습니까?"

"모르겠어요. 제가 원한 게 이런 걸까요? 저는 원래 누구였죠? 제 원래 몸은 누가 쓰고 있나요? 제가다····· 잊어버리길 선택한 건가요?"

"하나씩 대답해드려야겠군요. 우리 회사는 고객을 우대하니까요."

"당신 회사의 이름은 뭐죠? 당신의 이름은요?"

그러자 남자가 설명했다.

우리 회사의 이름은 없습니다. 이름이란 건 본래 구분을 위한 거니까요. 적어도 이 우주엔 이런 서비스를 제공하는 건 우리 회사뿐입니다. 마찬가지로, 제 이름도 없습니다. 다음으로 궁금한 건 뭐죠? 아니, 처음부터 전부 설명드리겠습니다.

당신은 원래 그 병원 1층에 있는 카페에서 일하는 아르바이트 점원이었습니다. 매일 반복되는 일상, 집으로 돌아가면 도로 나가라는 어머니의 잔소리와 술병이 깨지는 소리를 들어야 했지요. 성적에 맞춰서 간 대학을 졸업할 마음은 들지 않았습니다. 학비도 골칫거리였고요. 그저 어느 곳에나 있는 평범한 청년이었지요.

그렇게 일하던 어느 날, 당신은 막 1년차 레지던트가 돼 당직하던 명진을 보게 됩니다. 미숙한 초심자로서 힘들어하는 모습이 역력했지만, 그만큼 삶을 충실하게 살아가고 있었지요. 사람이 견디지 못하는 건 고통이 아니라 고통의 무의미라고 하지요. 매일 쳇바퀴 같은 당신의 고통과 명진의 고통은 달라 보였습니다. 그래서 당신은 생각하게 됩니다. 하루라도 명진으로 살아보고 싶다. 그때, 제가 그런 기회를 드렸지요. '다른 이름으로 살아 보실래요?'라고요.

일주일에 하루만 대여하던 건 모자라던가요? 하루는 정신과 레지던트, 나머지 6일은 카페 아르바이트……. 이중생활을 이어 나가는 건 쉽지 않았겠죠. 낙차가 느껴지니까요. 당신은 점차 늘려갔습니다. 이틀, 사흘……. 결국 일주일 내내 대여하는 구독 서비스를 신청했습니다. 당신의 잔고가 허락하는 한도까지요. 게다가 계약 사항을 잊게 되는 상당히 비싼 추가 옵션까지 구매했지요. 명진의 원래 인격이요? 조금 있다가 설명하겠습니다.

예? 당신은 그만한 돈이 없었을 거라고요? 저희는 돈을 받지 않습니다. 저희가 가치 저장 수단으로 삼는 화폐는 오직 하나이고, 수치로 환산해서 계산합니다. 뭐라고요? 대체 가능성? 그것도 재미있는 생각이군요. 당신 같은 흔한 카페 아르바이트생과 어릴 적부터 엘리트 코스를 밟아온 정신과 의사……, 그래서 당신의 잔고가 고작 1년 만에 명진을 대여하고 파산했다고 생각하시는 건가요? 그렇지 않습니다. '한 영혼이 천하보다 귀하다'고 하지 않습니까? 우리는 영혼에 그런 식으로 값을 매기지 않습니다. 생의 의지, 스스로를 사랑하고 아끼는 마음, 그런 것들이라고 할 수 있지요. 잔고가 0이 되면 보통은 자살합니다. 그런 분들에게 저희 회사가 서비스를 제공하지요. 어차피 마감할 삶, 다른 사람으로 살아 보지 않겠느냐고 말입니다.

당연히 애당초 파산에 가까웠던 분들의 잔고로는 건강한 사람을 대여하는 데에 한계가 있지요. 명진은 왜 인격을 제공하게 됐느냐고요? 그는 기환을 질투했습니다. 금수저에, 잘생기고 똑똑하며, 수연이랑 사귀는 그를요. 일찌감치 파산해서 그의 인격은 우리의 소유가 됐지요. 명진의 인격을 대여한 당신도 비슷한 질투를 가지는 건 공교로운 일이었습니다. 아, 그리고 당신의 원래 몸은 교통사고로 인해 사지 마비로 지내셨던 분이 감사하게 여기며 쓰고 있습니다.

자, 이제 필요한 설명은 다 드렸습니다. 지금까지 당신은 우리 회사의 서비스를 이용해주신 고객이니까요. 저는 본디 꿈에서 말씀을 드릴 수밖에 없는데 그동안은 약을 복용하여 꿈을 억누르셔서 부득이하게 그녀에게 부탁을 했습니다. 이제, 명진의 인격과 몸을 반납하시길 바랍니다. 이제 끝입니다. 당신은 우리 회사의 소유물입니다. 언젠가는 우리 회사가 온 인류를 소유할 수도 있겠군요. 당신들은 만족을 모르는 종족이니까요.

작가의 말

질투는 내가 가장 바라는 게 내게 없다는 걸 인정하는 고통스러운 과정입니다. 저는 소설가를 질투했는지도 모릅니다. 소설가가 되기 위해서는 조금 더 막막한 시간을 견뎌야 한다고 여겼는데, 생각했던 것보단 이르게 다른 사람들에게 작품을 보여줄 기회를 얻게 되어 다행입니다. 이제는 직업란에 소설가라고 쓸 수 있을 것 같습니다.

글을 쓰는 건 존재하는 방식을 스스로 선택하는 일입니다. 세계를 오독하여 나만의 방식으로 다시 쌓는 일은 꽤 어려운 작업이었습니다. 이 소설은 두 번째 썼던 소설을 조금 수정한 건데, 초심자일 때의 미숙함이 많이 묻어 있습니다. 물론 지금은 필력이 나아졌으니 다른 지면에서, 더 재밌는 이야기로 독자분들을 뵐 수 있지 않을까 합니다.

언제나 제가 쓰는 글은 파토스가 폭발하는, 극한까지 밀어붙이는 이야기였으면 합니다. 지불한 시간이 아깝지 않은 이야기를 쓰겠습니다. 감사합니다.

※ 이 소설은 미숙했던 전공의 시절에 많은 부분을 빚지고 있습니다. 그러나 이 소설에서 그려진 정신건강의학과적 진단, 면담, 치료, 입원 세팅 등 많은 부분은 실제와 전혀 다릅니다. 그저 재미로 봐주셨으면 합니다.

4코스 요리

강린

프랑스어와 법학을 전공했고, 밥벌이는 소설 쓰기와 전혀 상관없
는 법무에 종사하고 있다. 어릴 적부터 〈환상특급〉과 스티븐 킹
소설 마니아로, 자라서는 커트 보네거트, 더글러스 애덤스, 테드
창을 좋아하는 어른이가 됐다. 존경하는 작가들 작품의 반의 반만
이라도 되는 사변소설을 쓰는 것이 인생 위시리스트 중 하나다.

노에

"'노에'에 예약을 했어."

루퍼스가 멀찍이 던진 공을 물어온 강아지처럼 칭찬을 기다리는 눈빛으로 말했다.

"무려 석 달 전부터 예약 대기를 했단 말이지. 우리 1주년 기념 식사는 꼭 거기서 하고 싶어서 말이야."

서프라이즈!

루퍼스 딴에는 무척 야심 차게 마련한 이벤트일 테고, 좋은 여자 친구라면 응당 그에 맞는 반응을 해줘야 할 터였다. 환호성을 지르기에는 너무 과하고, 그저 잘했네라고만 하기에는 실망할 것 같아 마야가 적당한 반응을 고르는 사이, 루퍼스는 이미 그녀의 기분을 읽은 눈치로 풀 죽은 듯 물었다.

"왜, 별로야?"

"응 아니야. 좀 놀라서. 거기 올해 안에 예약이 가능한 줄도 모르고 있었거든."

적절한 타이밍을 놓친 마야가 약간 당황한 목소리로 말했다가 이내 쾌활히 덧붙였다.

"너무 근사해. 전부터 꼭 가보고 싶었어!"

노에. 오픈한 지 1년이 채 안 된 그 레스토랑은 최근 씨티 내에 있는 어떤 하이엔드 레스토랑보다도 주목받는 곳이었다. 지난해 봄, 광고도 없이 문을 연 식당은 불과 몇 달 만에 입에서 입으로 전해지며 빠르게 유명세를 탔다. 씨티 안은 이미 각종 파인 다이닝 레스토랑으로 넘쳐나고 있었고, 웬만한 맛이나 분위기로는 씨티인들의 까다로운 취향과 허영, 과시욕을 채우지 못하는 시장에서 새로운 루키로 등장한 작은 식당은 기이하게도 독보적인 찬사를 받고 있었다.

마야는 개인적으로 하이엔드 다이닝을 그다지 좋아하는 편이 아니었다.

더욱더 특이한 맛과 새로움을 추구한 나머지 원재료가 뭔지조차 알 수 없을 정도로 기이하게 분해하고 변형시킨 식자재들, 요리라기보다는 추상 미술을 연상케 하는 플레이팅, 12가지도 넘게 이어지는 코스, 그런 것들이 마야에게는 종종 우스꽝스럽게 느껴졌다. 한편, 그런 도를 넘는 파인다이닝 식당들의 괴상함이 어쩌면 과도한 쾌락적 허기로 약간씩은 정신이 이상해진 씨티인들과는 썩 어울리는 것 같기도 하다고 마야는 생각했다. 물론 그런 생각을 굳이 루퍼스에게 말하지는 않았다. 루퍼스는 파인 다이닝 애호가였고, 애써 예약까지 한 그를 굳이 실망시킬 필요도 없었기 때문이다. 마야는 루퍼스만의 즐거움과 취향도 존중했기에, 그가 제안하는 경우는 가급적 군말 없이 자리를 같이하고, 그가 즐기는 요리들에 대해서도 겉으로나마 긍정적인 반응을 보여주려고 노력하고 있었다.

그나마 다행인 건 노에는 마야 역시도 약간의 호기심을 갖고 있는 곳이라는 점이었다. 이 우스꽝스러운 경쟁으로 과열된 시장에서 압도적인 호평만을 받고 있는 이 작은 식당은, 여러 면에서—극도로 비싼 가격을 제외하고—일반적인 하이엔드 레스토랑과는 다른 점이 많았다.

가게의 위치부터가 씨티의 외곽, 그러니까 게토와의 경계에서 얼마 멀지 않은 한적한 숲속에 덩그러니 자리 잡고 있었고, 외관 역시 간판도 장식도 없는 검은 사각의 건물이 전부였다. 매일 저녁 오로지 2명씩 2팀만을 받는 예약제로 운영됐으며, 총 4가지 코스로 된 요리가 나온다는 것 외에 어떤 메뉴가 제공되는지도 정확히 알려지지 않았다. 무엇보다 식당 안에서는 사진 촬영을 하는 게 엄격히 금지돼 있었는데, 이는 음식 자체에 온전히 집중하도록 하여 다른 어떠한 정신적

분산도 막고자 하는 노에만의 운영 방침이라고 했다. SNS에 과시적 사진을 올리는 게 유일한 삶의 낙인 대부분의 씨티인에게는 치명적인 단점이었지만, 마야에게는 도리어 구미가 당기는 지점이기도 했다.

여하튼 그런 사유로, 노에에 대한 평가는 오로지 그 식당을 다녀온 사람들의 설명으로만 짐작할 수밖에 없었는데, 이조차도 음식을 먹은 사람들의 묘사가 모호하고 통일성이 없어 그다지 감이 잡히지가 않았다. 공통적인 평은 '평생 먹어본 음식 중 가장 맛있다'는 의견이었는데, 정작 어떤 맛이었는지를 물어보면, 모든 메뉴가 단순히 달고 짜거나 맵고 쓰다는 정도로 정리해서 말하기 어려운, '뭔가 익숙한 듯하면서도 전혀 새롭고 다채롭고 복잡한' 맛이라고 했다.

표현의 언어적 한계에 다다른 사람들은 요리를 먹을 때의 기분을 떠올리며, 누군가는 충만한 행복감을 맛보았다고 했고, 누군가는 센슈얼한 쾌감마저 느꼈다고 했다. 메뉴에 대해서 그나마 알려진 건 코스의 구성 정도였다. 세부적인 요리는 매일 달라지지만, 대체로는 전채 요리 하나, 본식 두 가지와 디저트로 이루어지는, 다른 파인 다이닝에 비하면 비교가 되지 않을 정도로 평범하고 소박한 구성이 제공된다고 했다.

"그런데 그 맛은⋯⋯. 그렇지가 않다니까요!"

간혹 노에의 문 앞까지 가서 인터뷰를 하는 방송기자들의 마이크에다 대고, 노에를 나오는 사람들은 한결같이 말했다. 더 재미있는 건, 함께 식사를 했던 사람들도 서로 기억하는 요리의 종류나 맛이 상당히 달랐다는 점이다. 사람들은 같은 메뉴를 먹고도 전혀 다른 요리를—한 사람은 메인 요리로 비둘기 고기가 나왔다고 했지만 다른 사람은 분명 멧돼지 고기였다고 했다—설명했고, 이는 더욱 대중의 호기심을 자극했다. 유명 배우나 가수, 정재계 인사 등 돈과 영향력을 가진 많은 사람들의 예약이 줄줄이 이어졌다. 그런 엄청난 경쟁률을 뚫고 예약에 성공했다니, 루퍼스가 으스대는 것도 그럴 만은 했다.

예약 당일 저녁, 루퍼스는 차에서부터 이미 한껏 신이 난 표정이었다. 자동주행 모드의 차는 설정해 놓은 목적지를 향해 평소 가지 않는 외곽의 작은 길로 미끄러져 들어갔다. 한참을 어두운 숲속 깊숙이 들어가자, 상향빔의 저 끝으로 검은 사각체 형태의 커다란 건물이 눈에 들어왔다. 황폐한 숲의 구석에, 건물은 창도 하나 없이 거대하고 과묵한 형상으로 자리 잡고 있었다.

건물의 한가운데에는 그 거대함에 어울리지 않게 작고 소박한 나무 현관문이 보였다.

다른 어떤 안내문이나 표지도 발견하지 못한 두 사람은 차에서 내려 나무 문으로 다가갔다. 루퍼스가 문 위의 도어 노커를 똑똑 두드리자, 미리 기다리고 있던 것처럼 버틀러 수트를 입은 직원이 달칵, 문을 열고 두 사람을 맞이했다.

"어서 오십시오, 루퍼스와 마야님. 오늘 7시에 두 분 예약이 확인되셨습니다."

로봇인지 인간인지 명확하지 않은 직원이 둘의 초대장을 스캔하고, 건물의 안쪽 깊숙이 자리를 안내했다.

"저는 가이라고 합니다. 저를 따라 다이닝룸으로 이동하시지요."

건물의 내부 역시 외관만큼이나 단순했다. 곧게 뻗어 안쪽 룸까지 길게 이어진 복도에는 가구 하나 보이지 않았고, 그림 한 점 걸려있지 않았다. 직원 역시 가이가 전부인 듯 다른 어떤 인기척도 들리지 않았다. 안내받은 다이닝룸은 자로 잰 듯 반듯한 정사각형의 방으로, 벽에도 역시 아무런 장식이 없었고, 정중앙에 작은 촛불이 올려진 원형의 검은색 테이블이 놓여 있을 뿐이었다.

"오늘 식사를 시작하시기 전에, 간단히 노에를 소개해 드리겠습니다."

두 사람이 테이블 앞에 앉자, 가이는 입력된 오프닝 멘트를 충실히 전달하려는 듯 친절하지만 고저 없는 목소리로 말했다.

"이곳 노에에서 두 분은 단순히 음식을 드시는 게 아닙니다. 식사를 하는 2시간 반 동안, 미각의 단계를 넘어 초월적인 오감을 깨우는 궁극의 경험을 하실 수 있으실 겁니다."

순간, 방을 둘러싼 벽면의 색이 천천히 변했다. 안개가 피어나듯 어두운 보라색과 남색이 서서히 벽면에 감돌더니 희미한 불빛들이 빛나기 시작했다. 색과 빛은 사면의 벽뿐 아니라 바닥과 천장까지 번져 나가더니 이윽고 광대한 우주의 광경이 완성됐다.

"와우 멋진걸!"

루퍼스는 감탄한 듯 주위를 두리번거렸다. 마야는 쇼와 같은 분위기가 조금 부담스럽기는 했지만, 그래도 재미있는 체험이겠거니 하고 조용히 미소만 지었다.

"그럼, 첫 번째 코스를 시작하겠습니다."

전채요리
코스믹 스프

가이가 들여온 첫 번째 디쉬는, 현란한 색상의 스프였다. 방의 벽면을 가득 채운 우주의 배경과도 비슷한 색을 띤 짙은 보랏빛 스프에는 크리미한 질감 속에 펄과 같은 미세한 입자들이 은은하게 빛나고 있었다.

"저희 노에의 자랑, 코스믹 스프입니다. 적색화과를 베이스로, 특별히 오리에타 행성에서 채취한 식용버섯 가루를 첨가했습니다."

마야는 몇 년 전 오리에타 탐험대가 행성의 여러 식물을 채집하면서, 지구의 품종과 유사한 버섯류를 발견했다는 뉴스를 본 기억이 났다.

'식용으로 허가된 지는 얼마 되지 않은 것 같았는데.'

마야는 생각했다. 게다가 그 가격이 어마어마하게 비싸서, 1g만 해도 수백만 데나트에 달하기 때문에 실제 그 맛을 보았다는 사람을 주변에서 본 적은 없었다.

'터무니없는 가격이 매겨진 이유가 있었군.'

마야는 한 스푼 가득 스프를 떠 들여다봤다. 마치 작은 우주 안에 은하수가 흘러내리듯, 스푼에 담긴 보랏빛 액체가 부드럽게 반짝이며 흘러내렸다. 마야가 스프를 조심스럽게 입에 머금자, 전혀 예상치 못했던 맛이 펼쳐졌다. 분명 깊은 색이나 질감을 봤을 때는 농후한 맛이 예상됐는데, 의외로 가볍고 상큼하고, 어쩌면 시원하다고 할 만한 맛이 입안 가득 퍼졌다. 그러면서도 묘하고도 달콤한 감칠맛이 혀를 감싸고, 코에서는 은은한 자스민향 같은 향기가 느껴졌다. 액체가 마야의 혀를 타고 식도로, 위로, 그리고 온몸으로 퍼져나가는 느낌이 들었다.

마야는 작게 감탄사를 뱉으며 연거푸 스푼을 입으로 가져갔다. 그간 어디서도 먹어본 적이 없는 맛이라는 사람들의 말이 이해가 됐다. 정신없이 스프를 맛보는 사이에 실내의 조명은 조금씩 어두워지더니 이제는 벽면의 경계가 보이지 않을 정도로 방 안 가득 우주의 배경이 투사되고 있었고, 아득하면서도 독특한 멜로디의 음악이 실내에 흐르며 황홀한 체험을 극대로 끌어올리고 있었다.

마야는 스프가 그녀의 전신을 타고 흘러들어가 두 팔과 손끝으로 미세한 펄들이 은은하게 빛나며 퍼져나가는 듯한 착각마저 들었다. 어두운 방 안, 탁자 맞은편 루퍼스의 모습은 이제 실루엣조차 희미해져, 마야는 마치 홀로 광활한 우주 공간을 유영하는 듯한 느낌이었다. 아니, 마야 스스로 행성 중의 하나가 되어 거대한 우주의 일부를 구성하고 있는 것과 같은 기분이었다. 편안하지만 황홀하게, 끝도 보이지 않는 거대함 속을 한참이나 떠다녔다.

얼마나 시간이 흘렀을까, 머리 위 조명이 차츰 밝아지며 그릇의 바닥을 비출 때쯤에야 마야는 꿈에서 깨어나듯 서서히 감각을 되찾았다. 어느새 테이블 옆으로 다가온 가이가 슬쩍 미소를 지었다.

"노에의 요리는, 직접 체험을 해보시기 전에는 상상도 하실 수 없는 것이랍니다."

첫 번째 메인요리
농어구이

스프 그릇이 거둬지고, 다음 차례로 테이블 위에는 커다랗고 하얀 접시가 놓였다.

접시 위에는 작은 연못과 같은 녹색의 거품 위에 생선 한 조각이 올려져 있었다. 어느새 벽면의 배경은 잔잔한 밤바다의 광경으로 바뀌고, 하프를 연주하는 듯한 꿈 꾸는 멜로디가 방을 가득 채웠다.

"두 번째 디쉬는, 구운 농어 요리입니다. 하지만 드시기에 따라 다른 맛이 느껴질 수도 있답니다."

가이가 말했다. 의미심장한 소개였지만, 이미 전채요리로 상상했던 이상의 맛을 체험한 마야는 어서 두 번째 요리를 맛보고 싶었다. 접시 위에 얌전하게 놓인 생선의 겉껍질은 노릇하고 크리스피하게 잘 구워진 듯했고, 그 아래 촉촉하고 부드러워 보이는 하얀 살점은 녹색의 거품이 가볍게 감싸고 있었다. 마야는 금색 포크로 생선 한 조각을 살짝 잘라내어 입으로 가져갔다.

얇은 생선껍질이 바스러지며 은은한 스모키함이 슬쩍 느껴지더니, 이내 생선 살과 버터의 풍미가 입 안을 가득 채웠다. 숙성된 농어의 담백하면서도 고소한 맛과 녹진한 버터의 맛이 어우러져 입 안에 녹아들었다. 거기에 생선을 감싼 녹색의 소스는 독특한 감칠맛을 내며 생선의 맛과 풍미를 한층 더 배가시켜줬다.

마야는 자기도 모르게 눈을 감고 완벽한 한 조각의 맛을 천천히 음미했다. 하지만 이상하게도, 그 생선 조각을 곱씹으면 씹을수록 어딘지 익숙하고 그리운 듯한 맛이 느껴졌다. 마야는 분명 어디에선가 이런 맛을 느껴본 적이 있었다. 언제였더라, 그녀는 기억을 천천히 더듬으며 한 조각을 더 입에 넣었다. 마치 중요한 고뇌에 빠진 듯이 곰곰이 입속의 맛을 느끼던 그녀는 문득, 그 맛의 근원을 기억해냈다. 그와 동시에 그녀가 느낀 감정은 마치 그녀만이 아는 비밀을 적어둔 일기장을 들킨 것과 같은 당황스러움이었다.

그 맛은 그녀가 그렇게나 잊어버리려 애썼던, 그래서 그녀의 마음속 깊은 곳에 묻어놓고 다시 찾지 않았던, 십수 년 전 게토에서의 어린 시절에 어머니가 해준 요리의 맛이었다.

폐허와 같은 동네, 무기력과 절망만이 가득한 곳, 도덕도 수치심도 없는 자들이 동물과 같이 살아가던 게토에서 마야의 어머니는 최소한의 존엄성을 지키며 살아가려고 했던 몇 안 되는 사람 중 하나였다. 다른 게토인들이 씨티의 쓰레기통을 뒤지고, 서로를 약탈하고 착취하며 살아가는 그 지옥과 같은 곳에서도 어머니는 마야에게 인간으로서 최소한의 자존감, 지성과 도덕성 같은 덕목의 중요성을 가르쳤다. 어머니 스스로는 비록 기회가 없었지만, 그녀의 딸만은 어떻게든 씨티로 보내 사람다운 삶을 살 수 있게 하려 노력했다.

게토인이 씨티로 들어가는 가장 일반적인 방법은 씨티인의 하급 노예가 되거나, 여자아이들의 경우 씨티인의 노리개 역할로 고용되는 거였다. 마야는 눈에 띄는 아름다움의 소유자였기에, 게토인 특유의 녹회색 눈과 금갈색 머릿결에 대한 기호증이 있는 일부 고위층 씨티인의 펫으로 선발되는 것이 가장 손쉬운 선택지일지도 몰랐다.

하지만 어머니는 마야가 보다 존엄한 방식으로 씨티에 들어가기를, 그래서 씨티인의 부속물로서가 아니라 마야 스스로 자주적인 삶을 영위하기를 바랐다. 어머니 본인은 비록 글도 읽을 줄 몰랐지만, 마야는 게토에 있는 유일한 학교에 보내 받을 수 있는 최대한의 교육을 받도록 했다. 어머니 자신은 씨티인이 남긴 음식으로 허기를 채웠지만, 마야에게는 그녀가 일하던 주방에서 구해 온 온전하고 깨끗한 빵이나 과일을 먹였다.

딸에게 그녀가 할 수 있는 최선의 기회를 주고자 했던 어머니의 헌신적인 노력 덕분에 마야는 게토의 학교에서 항상 최우등생을 놓치지 않았고, 결국 매년 한두 명만이 뽑히는, 씨티에 입성할 수 있는 교육 프로그램에 선정됐다.

씨티로의 입성은 열여섯 마야에게 새로운 삶의 시작이었지만, 한편 어머니와의 영원한 단절을 의미하기도 했다. 씨티와 게토 간의 교류가 엄격하게 금지되기 때문이기도 했지만, 어머니는 마야가 더 이상 게토에 미련을 갖지 않기를 원했기 때문이었다.

마야가 씨티로 떠나기 전날 마지막 밤, 어머니는 생선 한 토막을 구해 와서 정성스럽게 요리를 했다. 게토에서는 찾기 어려운 귀한 생선으로 요리를 만드는 건 뭔가 축하할 일이 있을 때마다 하는 어머니만의 특별한 의식 같은 거였다. 불도 제대로 들어오지 않는 어두운 주방 한구석에서 어머니가 내온 최고의 정찬을 마야는 울음을 삼키며 먹었다. 그 한 토막의 생선에서 어머니의 염려와 희망과 변치 않을 사랑이 그대로 느껴졌다. 그 밤, 게토에서의 마지막 저녁 식탁 위 꺼질듯한 작은 촛불 뒤로, 마야는 자신과 닮은 얼굴을 마지막으로 마음에 새겼다.

문득, 검은 테이블 위 촛불이 펄럭였다. 마야는 흔들리는 촛불 뒤로 루퍼스가 아닌 어머니의 얼굴을 아주 오랜만에 본 것 같았다.

'엄마, 걱정하지 말아요. 나 정말 열심히 살고 있어요. 엄마가 자랑스러워할 만큼, 열심히 살아남았어요, 엄마.'

마야는 마음속 한구석에 뜨거운 무언가가 무너져 녹아내리는 느낌이 들었다. 그날 그 밤처럼 먹먹한 마음으로, 마야는 농어의 마지막 조각을 입에 넣었다.

두 번째 메인요리

사슴 스테이크

한참 동안 잊고 지내던 그 밤의 기억이 되살아난 후, 마야는 다소 냉정을 잃은 듯했다. 루퍼스가 얼음 여왕이라며 농담 삼아 부를 정도로 평소 침착하고 냉정한 그녀였지만, 오늘 저녁 이곳의 음식을 먹으면서 마야는 스스로를 꽁꽁 둘러싸고 있던 성벽에 미세한 균열이 생기는 듯한 느낌을 받았다. 마야는 더 이상 식사를 이어가기가 두려우면서도, 한편으로는 궁금해졌다. 이 요리들은 대체 뭐지, 어째서 나조차도 잊어버리고 있던 기억이 되살아나는 거지.

"이번 요리는 어린 사슴고기 스테이크입니다."

가이가 세 번째 디쉬를 테이블에 올렸다. 접시 위에는 잘 익은 빛깔의 윤기가 흐르는 고기 두 덩이가 올려져 있었다. 실내 벽면은 어느새 어둑한 숲의 배경으로 바뀌어 있었고, 바람인 듯 먼 데서 들리는 동물의 울음과 같은 소리가 몽환적인 음악과 섞여 공간을 가득 채웠다. 마야는 주저하며 사슴고기 한 덩이를 작게 잘라 입으로 가져갔다. 허브와 후추가 어우러진 시즈닝의 향미가 먼저 입 안을 깨웠다. 그 뒤를 따르는 부드럽고 고소한 고기의 짙은 감칠맛. 촉촉한 육즙이 마야의 입 안에 퍼지며 다른 맛으로 서서히 변해갔다. 이런 고기의 맛이 나는 스튜를, 마야는 알고 있었다. 마야가 가장 행복했던 시절 매일 같이 먹었던 그 맛을, 이번에는 기억을 오래 더듬지 않아도 금세 알 수 있었다.

씨티에 들어와 대학을 다니면서, 마야는 장학금으로 충당되는 학비와 최소한의 생활비 외에도 졸업 후 자립을 위한 돈을 마련해야만 했다. 그 때문에 걱정 없이 대학을 다니는 대다수의 씨티인과 달리, 마야는 학교 근처 레스토랑에서 파트 타임으로 서빙을 보며 얼마 안 되는 급여를 착실히 저축해 나갔다. 테오는 그곳에서 만난, 그녀와 같은 게토 출신의 장학생이었다.

마야에게 씨티의 입성은 어두운 터널의 끝이 아니라, 새로운 역경과 고난의 시작이었다. 그녀의 눈과 머리 색은 말하지 않아도 마야의 출신을 알려줬고, 씨티인들은 그녀 앞에서 아무렇지도 않게 그녀를, 그리고 게토를 폄하하고 조롱했다. 그렇지만 그녀는 늘 꼿꼿이 고개를 들고서, 묵묵히 모든 무례와 냉대를 견뎌냈다. 그러던 마야에게 다가온, 그녀와 같은 녹회색 눈을 한 테오. 마야는 테오를 알게 되면서 처음으로 씨티라는 거대한 외로움 속에서 마음의 안식처를 얻었다.

둘은 저녁에는 서빙과 청소를 했고, 늦은 밤에는 모두가 퇴근한 레스토랑의 빈 테이블에서 같이 밥을 먹고 공부를 했다. 테오는 종종 그날 판매하고 남은 고기 자투리를 모아 '테오 특제 소스'라고 부르는 양념을 넣은 스튜를 끓여줬다. 각종 채소를 다져 넣고 끓인 그 특제 소스에서는 게토의 맛이 났다. 테오의 스튜를 먹으면 하루의 피곤이 가시며 마음에 온기가 가득 채워지는 듯했다. 마치 요리를 한 테오처럼 다정하고 따뜻한 맛의 스튜. 마야에게는 씨티의 힘든 삶 속에서 테오와 함께 스튜를 나눠 먹으며 대화하는 저녁이 하루 중 유일하게 행복한 시간이었다. 행복이라는 감정을 나도 느낄 수 있는 거였구나, 마야는 처음으로 깨달았다.

누군가에게 온전하게 이해받고 사랑받을 수 있다는 것. 나 또한 그를 온전하게 이해하고 사랑할 수 있다는 것. 테오를 만나기 전까지 마야는 이런 완전한 감정이 가능하다고 생각지도 못했다. 마야는 테오를 연인처럼, 동지처럼, 형제처럼 사랑했고, 이는 단순히 이성을 향한 사랑이라는 말로 설명할 수 있는 감정이 아니었다. 테오는 마야의 분신과 같았고, 마야는 테오에게 영혼의 일부였다.

마야는 웃을 때가 많아졌다. 수업이 끝나고 식당으

로 달려가 열심히 일을 마치고 나면, 테오와 음식을 먹고, 이야기하고, 책을 읽으며 매일을 보냈다. 주말이 되면 씨티의 여느 커플들처럼, 손을 잡고 전시회를 보러 가기도 하고, 공원에서 소풍을 즐기기도 했다.

그러던 어느 저녁, 평소처럼 마야가 기쁜 마음으로 식당에 도착했지만 테오가 보이지 않았다. 불과 두어 시간 전에 오늘 저녁도 스튜를 만들어주겠다고 했던 테오였다. 계속 텍스트를 보내봤지만 답이 오지 않았다. 마야만이 씨티 내의 유일한 연락처였기 때문에, 누구에게 테오의 소식을 물어볼 수도 없었다. 결국 마야는 그날 저녁 서빙을 쉬기로 하고, 테오를 찾아 나섰다.

테오의 집에는 아무도 없었고, 혹시나 싶어 찾아간 마야의 집도 마찬가지였다. 마야는 인공눈이 소복이 쌓인 씨티의 거리거리를 돌아다니며 밤새 테오를 찾아 다녔지만, 어디에도 그의 흔적은 없었다. 새벽녘, 잠들지 못하고 있는 마야에게 경찰서에서 연락이 왔다. 테오가 학교 근처 호숫가에서 발견됐다고. 경찰은 반(反)게토 무리의 소행일 거라고 했다. 시신의 두 눈이 훼손돼 있고, 머리카락이 잘려 있었으며, 옷에는 반게토의 표식이 휘갈겨져 있었다고.

그즈음은 게토에서 유입되는 장학생들을 시기한 혐

오 범죄가 늘어나던 시기였다. 학내에서도 게토 출신에 대한 조롱이 심해지고, 종종 폭행 사건이 일어나기도 했지만 학생의 절대 다수가 씨티인들인 상황에서 학교 측의 조치는 거의 없다시피 했다. 게토 출신 학생들은 사고를 예방하기 위해 녹회색 눈을 가리는 렌즈를 착용하거나, 머리를 밝은색으로 염색하기도 했다.

그러나 테오는 자신의 출신을 숨기고 싶어 하지 않았다. 그에게 그의 눈과 머리 색은 자신이 지금까지 걸어온 길을 입증하는, 그의 강인함과 용기를 나타내는 표상이었다. 테오는 차갑고 삭막한 은회색 머리를 한 무리들 사이에서 유일하게 생동감 있게 빛나는 아름다운 생명체였다. 하지만 그 빛을 질시한 자들은 가장 저열하고 잔인한 방식으로 그의 아름다움과 고결함을 짓밟았다. 마야는 차가운 영안실에서 혼자 테오의 신원을 확인했다. 테오의 아름다운 얼굴에서 더 이상 생기가 느껴지지 않았다. 그의 감은 두 눈도, 핏기를 잃은 입술도 더 이상 그녀에게 다정하게 웃어주지 않을 터였다. 마야는 그 날부터 며칠 동안을, 몸 안의 모든 눈물이 말라버릴 정도로 울었다. 시간이 지난 뒤에는 더 이상 울음조차 나지 않았다. 잘 웃고 잘 울던 옛날의 마야는 그때, 테오와 함께 죽어버렸을지도 모른다.

마야는 스테이크를 절반도 끝내지 못했다. 어느새 그녀의 두 볼이 눈물로 축축해져 있었다. 이미 말라버렸다고 생각했던 눈물이, 마치 새로운 샘물이 솟아난 것처럼 걷잡을 수 없이 쏟아졌다. 마야는 냅킨을 가져다 얼굴을 묻었다. 이제 그만 디쉬를 치워달라는 손짓을 하면서, 마야는 실내의 어두운 조명과 공간을 가득 채운 음악 소리 속에 묻혀 자신의 젖은 얼굴이 루퍼스에게 들키지 않기를 바랐다.

루퍼스는 그녀가 게토 출신이라는 걸 알고 있었고, 그럼에도 개의치 않고 그녀를 좋아했다. 태어날 때부터 최상위 계급의 씨티인으로 살아오면서 단 한 번의 차별이나 고뇌도 겪어보지 않은 루퍼스는 그만의 특유한 순수함이 있었고, 아이러니하게도 마야를 가장 편견 없이 대하는 사람 중 하나였다. 어쩌면 게토에서 시작해 씨티의 고위 레벨에 이르기까지 혼자의 힘으로 이루어 온 마야가 루퍼스에게는 그간 본 적이 없는 신기한 부류의 장난감이거나 독특한 액세서리 같은 종류일지도 모른다. 아무래도 상관없다. 루퍼스가 어떤 이유로 마야에게 반해 있건, 마야에게는 루퍼스와 결혼해서 비로소 취득하게 될 씨티의 영주권이 가장 중요한 문제였으므로.

그래서 마야는 루퍼스에게 한 번도 그녀가 살아온 삶과 겪었던 경험들을 얘기한 적이 없었다. 그 어둡고 춥고 처참한 기억들은 루퍼스가 알고 싶어 하지도, 이 해할 수도 없을 테니까. 루퍼스는 지금의 아름답고 단단한 도자기와 같은 마야를 애호할 뿐이었다. 마야가 뺨을 닦고 마음을 추스르는 동안, 어둑한 식탁 건너편의 루퍼스가 두 눈을 감고 무척 만족한 듯한 웃음을 짓는 모습이 보였다.

디저트

크림 케이크

"마지막으로 디저트입니다. 물소의 젖으로 만든 크림 무스를 올린 케이크입니다."

마야 앞에 네모반듯한 형태의 새하얀 케이크가 놓였다. 방 안에는 그와 같은 색의 하얀 눈송이가 가득히 내리고 있었다. 마야는 어느 정도 마음을 진정한 상태로, 티 하나 없이 깨끗한 하얀 크림을 포크 가득 올려 입에 넣었다. 스르륵 눈이 녹듯, 가벼운 크림은 그녀의 입 안에 미세한 달콤함을 남기고 금세 사라진다.

씨티인들은 날씨마저 구미에 맞게 조절해서, 씨티 안은 사시사철 온화한 기후를 유지하고 있었다. 다만 오로지 심미적인 목적으로, 겨울에는 조경을 위해 인공눈을 몇 달간 도시 가득 뿌리곤 했다.

씨티의 인위적인 겨울과 달리, 게토는 1년의 절반 이상 춥고 눈이 내렸다. 마야는 하얀 눈밭을 내려다보면서 엄마를 기다리던 수많은 밤들이 기억났다. 집 안은 어두웠지만, 달빛이 눈에 반사돼 밖은 오히려 환하게 밝았다. 마야는 창밖을 보며 엄마가 언제쯤 돌아오는지 혼자 내기를 했다. 열을 세면 엄마가 저 언덕 끝에 올 거야. 열, 아홉, 여덟……. 엄마가 보이지 않으면 다시 숫자를 세고, 그렇게 마야는 지루한 밤을 보냈다.

엄마를 기다리다 배가 너무 고파지면, 어린 마야는 창밖에 빈 그릇을 올려놨다. 그러면 금세 쌓인 눈이 마치 폭신한 빙수처럼 그릇에 가득 담겼다. 끝도 없이 눈이 내리는 창밖을 보며 눈 빙수를 입 안에 머금고 있으면, 저 멀리 엄마가 걸어오는 모습이 보였다. 새하얀 벌판 끝 언덕 위에 엄마의 코트가 보이면 마야는 비로소 안심됐다. 어른이 된 마야 속 어딘가에 남아 있던 어린 마야가, 입안 가득 눈의 맛을 느끼며 다시금 따뜻한 위로를 받고 있었다.

요리사

여러 화면이 다양한 각도로 잡히는 멀티 모니터 앞에, 절반쯤 먹은 피자 상자와 맥주 몇 캔이 뒹굴고 있었다. 상황실처럼 보이는 방 안에 비대한 몸집을 가진 남자 두 명이 모니터를 들여다보며 피자를 우물거렸다. 모니터 안에는 마야와 루퍼스가 있는 방, 그리고 다른 커플이 있는 방이 나뉘어 비쳤다. 왼쪽 남자가 다른 커플이 잡힌 화면을 확대하자, 반쯤 옷을 벗은 두 사람의 모습과 테이블 위 음식이 화면 가득 크게 잡혔다. 접시 위에는 거의 다 먹은 식빵 조각이 나뒹굴고 있었다.

"1번 팀 거의 다 마무리되는 중."

"여긴 남녀 둘이 아주 옷을 벗고 난리가 났구먼. 저 식빵 쪼가리를 먹으면서 대체 무슨 기억들을 떠올리고 있는 건지 원. 디저트 단계가 끝나기 전에 가이한테 미리 정리를 좀 하라고 해야겠어."

한두 번 그런 광경을 본 게 아닌 듯, 왼쪽 남자가 심드렁하게 말했다.

"2번 팀도 이제 디저트 단계야. 여긴 여자 쪽이 꽤 많이 울긴 했는데, 남자는 적당히 기분 좋은 정도로 끝난 것 같아."

오른쪽 남자가 말했다.

"보통은 그 남자 손님 정도로 끝나지. 시름없는 씨티인들이라면 말야."

"우리 식당 요리의 체험 강도는 결국 본인의 인생 경험에 비례해서 나타나는 거니까. 대체로 씨티 놈들은 1번 팀처럼 변태적인 쾌락 아니면 2번 남자같이 편안한 즐거움 정도를 느끼지. 2번 여자 손님처럼 강렬한 감정적 동요를 하는 경우는 많지 않은데."

그 말에 왼쪽 남자가 오른편의 모니터 속 마야를 유심히 들여다보며 의아하다는 듯 갸웃거렸다.

"버섯 첨가량은 양쪽이 동일한 거지?"

"당연하지. 오리에타 버섯은 극소량만 주입해도 일시적으로 강한 최면 효과를 나타내니까 아주 정밀하게 계량해서 첨가하고 있다고."

오른쪽 남자가 살짝 짜증이 난 듯 대답했다.

"버섯의 최면 효과가 크긴 하지만, 결국 후각이나 미각과 연결된 변연계 기억세포를 자극하는 건 나노 로봇이니까, 환각 상태에서 나노 로봇이 가장 강렬한 기억을 건드려 주더라도 딱히 경험치가 많지 않은 사람들은 그냥 단순하게 기분 좋은 꿈을 꾸고 일어난 느낌 정도만 받는단 말이지. 보나 마나 저 도련님도 어릴 적

유모가 만들어준 달콤한 디저트나 떠올리고 있을걸."

오른쪽 남자는 말을 덧붙이며 오른편 모니터의 루퍼스와 마야를 번갈아 관찰했다.

"그에 비해 여자 쪽은 뭔가 사연이 많은가 본데? 이 레스토랑을 오픈한 지 일 년밖에 안 되긴 했지만, 이런 반응은 나도 거의 못 보긴 했어. 일전에 부인을 잃은 노신사가 왔을 적에 한번 심하게 슬퍼했던 적은 있었지만 말야. 우리는 어디까지나 기억을 건드려만 줄 뿐이지 소환되는 기억이나 경험을 조작할 수는 없는 노릇이니까. 이 여자는 나이도 젊어 보이는데, 대체 어떤 기억을 떠올린 건지 모르겠구먼."

모니터 속 마야를 들여다보던 왼쪽 남자가 이윽고 고개를 들었다.

"뭐, 어쨌거나 손님들이 환상적인 경험을 했다면 우리가 더 이상 개입할 문제는 아니지. 아무튼 오늘도 영업을 마무리할 때가 다 됐네. 이제 슬슬 나노 로봇을 철수시키고, 디저트를 정리하도록 하지."

작가의 말

프루스트의 『잃어버린 시간을 찾아서』에 나오는 마들렌의 예를 굳이 언급하지 않더라도, 음식은 그 맛과 향에서 사람의 기억을 불러일으키는 힘이 있다고 늘 생각하고 있었습니다. 그러면서 한편, 음식의 맛과 향 역시 우리의 인지 감각을 통해 뇌의 신호로서 느끼는 것일진대, 만약 이러한 뇌의 신호를 직접적으로 자극하여 기억을 소환하는 식당이 있다면 어떨까 하는 상상을 해봤고, 여기에다 평소 가지고 있던 여러 가지 소소한 비판적 아이디어들—극도로 양극화 돼 가는 사회, 인종 차별, 여성의 주체성 같은 다소 무거운 주제부터 과도한 식도락, 파인다이닝 문화까지—등을 뒤섞어 짧은 이야기를 만들어봤습니다. 단편 분량이라 이 모든 주제를 적절히 표현하기에는 미흡한 점이 많다고 느끼지만, 한편 충분히 설명되지 않은 부분들은 단편소설 특유의 미스테리함으로 남기고, 또 다른 이야기에서 마야와 루퍼스, 노에의 사연들이 더 다루어질 것으로 기대해주시면 감사하겠습니다.